英雄讚歌

三大英雄史詩與內涵

黃沙漫天，英雄馳騁天地間……

再次點燃民族榮耀的烈焰

肖東發　主編　秦貝臻　編著

東方文化的亮麗名片，三大史詩揭開古老智慧的面紗

跨越歷史長河，史詩傳奇奏響

一同感受民族魂的熱血！

目錄

目 錄

序言

浩浩歷史長河，熊熊文明薪火，中華文化源遠流長，滾滾黃河、滔滔長江，是最直接源頭，這兩大文化浪濤經過千百年沖刷洗禮和不斷交流、融合以及沉澱，最終形成了求同存異、兼收並蓄的輝煌燦爛的中華文明，也是世界上唯一綿延不絕而從沒中斷的古老文化，並始終充滿了生機與活力。中華文化曾是東方文化搖籃，也是推動世界文明不斷前行的動力之一。早在500年前，中華文化的四大發明催生了歐洲文藝復興運動和地理大發現。中國四大發明先後傳到西方，對於促進西方工業社會發展和形成，曾帶來了重要作用。

中華文化博大精深，是各族人民五千年來創造、傳承下來的物質文明和公德心的總和，其內容包羅萬象，浩若星漢，具有很強文化縱深，蘊含豐富寶藏。中華文化薪火相傳，一脈相承，弘揚和發展五千年來優秀的、光明的、先進的、科學的、文明的和自豪的文化現象，融合古今中外一切文化精華，建構具有特色的現代民族文化，向世界展示中華民族的文化力量、文化價值、文化形態與文化風采。

為此，在相關專家指導下，我們收集整理了大量古今資料和最新研究成果，特別編撰了本書。主要包括獨具特色的語言文字、浩如煙海的文化典籍、名揚世界的科技工藝、異彩紛呈的文學藝術、充滿智慧的中國哲學、完備而深刻的倫理道德、古風古韻的建築遺存、深具內涵的自然名勝、悠久傳承的歷史文明，還有各具特色又相互交融的地域文化和民族文化等，充分顯示了厚重文化底蘊。

本書縱橫捭闔，採取講故事的方式進行敘述，語言通俗，明白曉暢，形象直觀，古風古韻，格調高雅，具有很強的可讀性、欣賞性、知識性和延伸性，能夠讓讀者們感受到中華文化的豐富內涵。

肖東發

重生的東方史詩：格薩爾王傳

《格薩爾王傳》是中國藏族人民集體創作的一部偉大英雄史詩，歷史悠久，結構宏偉，卷帙浩繁，內容豐富，氣勢磅礴，流傳廣泛，是世界上唯一的活史詩，有上百位民間藝人，在中國西藏、四川、內蒙古和青海等地區，傳唱著英雄格薩爾王的豐功偉績。

《格薩爾王傳》蘊含著原始社會的形態和豐富的資料，代表著古代藏族文化的最高成就。史詩從生成、基本定型到不斷演進，包含了藏族文化的全部原始核心，具有很高的學術價值、美學價值和欣賞價值，是研究古代藏族社會的一部百科全書，被譽為「東方的荷馬史詩」。

飽含浪漫主義色彩的史詩

那是西元 1 世紀前後至西元 6 世紀，這時正是藏族氏族社會解體至奴隸制形成時期，在藏區有互不統屬的眾多部落和若干小邦，相互之間兼併戰爭不斷，人們飽受著戰亂之苦。

在這種情況之下，人們都非常期盼能夠有一位智慧與力量並重的英雄，拯救他們脫離這種生活，於是人們就開始想像有一位英雄人物。

到了 6 世紀初，從雅礱河谷崛起的吐蕃王，在青藏高原上征服了許多小部落，成為了青藏高原上的最強勢力之一，人們看到了英雄的力量。

於是，人們為了紀念自己欽佩敬仰的英雄，便把他們超人的智慧和力量，以及他們的豐功偉績，再結合自己的願望，集中在一個人身上，這個人就是他們想像的英雄人物 —— 格薩爾。然後他們用口頭敘述的形式把自己心中的英雄說了出來，唱了出來。

隨著人們口耳相傳，並不斷得到豐富和發展，這就形成了藏族獨有的重要藝術形式的史詩，這便是《格薩爾王傳》。

在《格薩爾王傳》開頭一段便說：

這時候，人間正是一個非常混亂的時期，妖魔鬼怪到處橫行，各個地方差不多都被他們霸占著，善良無辜的老百姓遭受他們的欺凌和迫害，沒有好日子過。

的確，這正是當時藏族地區奴隸社會的現實。與此同時，隨著佛教傳入藏族地區，人們的思想也受到了很大影響，這便為《格薩爾王傳》增添了一抹宗教色彩。

在 6 世紀以前，當地藏族居民信奉著一種原始宗教叫「苯教」。苯教俗稱「黑教」，是植根於西藏原始社會時期的一種巫教。苯教崇拜萬物有靈，以動物為犧牲來祈福消災，占卜吉凶，驅鬼辟邪。

傳說吐蕃先王以苯教治理，直至 7 世紀時，苯教首領在贊普部落中，還保持著較高的地位。7 世紀初，松贊干布建立了吐蕃，為了促進吐蕃的文明富強，他先後與唐王朝和尼泊爾聯姻，迎娶了唐王朝的文成公主和尼泊爾的尺尊公主，還建造了大昭寺和小昭寺，供養著兩位公主帶來的佛像、經典和佛教法物等。

松贊干布還派遣了以大臣吞彌·桑布扎為首的 16 名貴族後裔去印度留學，並仿效印度梵文，創造了藏文。松贊干布運用新創的藏文，翻譯那些在印度留學貴族帶回來的大乘佛經，開始了西藏的譯經。

松贊干布還依佛說的十善法制定了法律，又規定了 16 條人道倫理法規，提倡人們信仰佛教。

到了赤德祖贊時代，就是西元 704 年至西元 755 年，佛教才逐漸在吐蕃境內傳播開來。

在這一時期，隨著佛教的廣泛傳播，佛教經典中的人物故事、語言風格、價值觀念等，對藏族的文學繁榮發展發揮了很大促進作用，所以在《格薩爾王傳》流傳中，關於格薩爾的身世，就有著強烈的佛教和苯教色彩。

《格薩爾王傳》中描述，據說在很久以前，在上方天國裡，住著一位白梵天神。他的妃子名叫綳迥杰姆，他們夫婦一共生了 3 個兒子。大兒子名叫頓尕，二兒子叫頓雷，三兒子叫頓珠尕爾保。頓珠尕爾保是 3 個兒子當中最小的一個，他聰明英俊，智慧過人，諸般武藝，樣樣精通。

在此時，下界人間正是一個非常混亂的時期，妖魔鬼怪四處橫行。大慈大悲的觀音菩薩看到人間發生的這一切後，頓生憐憫之心，將所看到的一切報告給了白梵天神，請求派遣一位神子下凡拯救人間災難。

經過反覆考慮，白梵天神決定派遣 3 個兒子當中的一個下凡。大家都說頓珠尕爾保這個孩子雖然年紀小，卻聰明伶俐，英勇異常，如果派他到人間降伏妖魔，必能旗開得勝，馬到成功。

白梵天神雖然同意派一個兒子下界降伏妖魔，但究竟派哪一個呢？心裡還是猶豫不決。於是，他把 3 個兒子都叫到面前說道：「我心愛的兒子們，你們 3 個仔細聽著，現在下界人間，妖魔橫行，百姓每天遭受蹂躪迫害，生活在水深火熱之中。你們 3 個都是我的心頭肉，都像我的眼珠一般，哪一個我都心疼。但是，現在人間百姓有了災難，我們豈能視而不見、坐視不救？所以，無論如何，你們 3 個當中要有一位到人間去降伏妖魔，究竟誰去才好，你們自己商量吧！」

3 個孩子聽完父王的一番話後，就在一起商量起來。商量來商量去，除了相互推諉以外，誰也不願自告奮勇。最後，頓珠尕爾保想了一個萬全之策，他說：「我們用射箭、拋石子、擲骰子比賽來決定各自的命運吧！」

兩個哥哥欣然同意了他的辦法。經過激烈而緊張的比賽之後，下凡的使命便落在小兒子頓珠尕爾保的身上。頓珠尕爾保的母親知道此事後，便告訴兒子人間不像天國這樣幸福。先下去看看，如果確實很苦，就另外找人頂替。於是頓珠尕爾保就變成一隻鳥，離開天國，飛向人間。

頓珠尕爾保飛到了一個大地方，這個地方名叫嶺尕爾，是一個平坦的大草原，草原上散布著牧民們居住的黑犛牛帳篷，猶如天上的群星散落在地上，這是一個景色非常美好的地方。

但是，這裡居住的人們卻生活得非常悲慘。他親眼目睹嶺尕爾到處妖魔橫行，百姓生活在水深火熱之中，這使他十分震驚。

於是，頓珠尕爾保快速飛回天國，向父母稟報了他在人間所看到的一切，表示下決心要到人間，為民除害，為百姓造福。

他向父王索要了各種武器，有盔甲、弓箭、戰馬、鞍具、帳篷，父母還為他準備了卜卦、預言、下凡降生地點、投胎母親、燒茶做飯的妻子等。

住在蓮花光宮殿的蓮花生大士，開始為神子頓珠尕爾保尋找投生父母的種族和門第。他看到藏區有 6 個原始氏族，即竹貢居如族、達隆噶司族、薩迦昆氏族、法王天氏族、瓊波烏氏族和乃東神氏族，這些種族雖然高貴，但是，土地、庶民和教化之土等都不適宜頓珠尕爾保。

蓮花生大士再把注意力集中在噶竹董三族、色穆冬三族和白扎達三族，發現其中的穆布冬族，祖上出自瑪桑念神，這一族中有一個國王名叫曲拉潘，他有 3 個兒子，長子名叫戎查叉根，次子叫晁同，幼子叫僧隆。

在這 3 個兒子中，唯有幼子僧隆賢德善良，心地寬宏，品性溫和，血統純正圓滿，曾是位大菩薩的種姓，所以選了僧隆作為神子頓珠尕爾保投胎人間的父親。

蓮花生大士認為神子頓珠尕爾保的生母應該來自龍族，而頂寶龍王有一個女兒，她是地遁空行母，可以設法把她招到人間，去做神子的生母。

同時，蓮花生大士還讓光明佛母投胎到人間，去做頓珠尕爾保在人間的妻子。還讓全身武裝的戰神九兄弟，也一併跟頓珠尕爾保投胎到人間。

另外，蓮花生大士還賜給頓珠尕爾保一匹馬頭明王加持過的寶馬，這樣就能保證頓珠尕爾保在人間的事業順利完成。

蓮花生大士這樣全面考慮以後，對神子頓珠尕爾保說道：「你要到荒蕪的雪域藏土，去教化那裡難以調教的眾生，我要給你指明一切緣起的條件，請你牢記在心！」

神子頓珠尕爾保聽了蓮花生大士的教誨，便立下了誓言：

抑強扶弱，懲處妖魔，拯救生靈，做黑頭人的君長的。

從此，神子頓珠尕爾保在天界死去了，開始投胎人間。這個轉世投胎到人間的神子頓珠尕爾保，便是後來的格薩爾。

從格薩爾投胎轉世的這部分可以看出，他是釋迦牟尼的弟子，是蓮花生大士的遣使，他有高超的密宗修持功夫，是人神之間唯一的結合體。

因此，他的智慧、英明全有賴於佛的啟示。由此看來，佛教對《格薩爾王傳》的影響是十分深遠的。

苯教對格薩爾的影響展現在宇宙觀上。在《格薩爾王傳》中，格薩爾是作為天界中白梵天神的三王子、中界念神的後裔和下界頂寶龍王的外孫出現的，其血統之特別，跟苯教的宇宙觀有著密不可分的關係。

苯教把世界分為天界、中界、下界三部分。天界住的是天神，中界住的是地祇，下界住的則是龍神。這三種神靈以不同的方式主宰著人類自然界中的一切。

而格薩爾正是集天神、地祇和龍神於一體的人，所以才能夠帶領將士四處討伐妖魔，建立一個祥和的國家。因此，苯教對《格薩爾王傳》的影響也是巨大的。

在 10 世紀初，西藏地區進入封建社會，原本割據一方的吐蕃大臣，又積極開展復興佛教的活動。不過，這時興起的佛教，在與苯教的長達 300 多年鬥爭中，開始互相吸收和融合，並隨著封建的增長，形成既有獨特地方色彩，又有深奧佛教哲學思想的地方性佛教，即藏傳佛教。

總之，在藏族社會發展的幾個重要時期，佛教與苯教都對《格薩爾王傳》的創作、流傳和發展產生過影響，各個重要歷史時期的發展變化，都在這部史詩裡得到直接或間接的反映。

宗教意識使格薩爾王具有超凡脫俗的能力，史詩也因此帶上了濃厚的浪漫主義色彩。

【旁注】

氏族：原始社會中以相同的血緣關係結合的人類社會群體，其成員出自一個共同的祖先。大約產生於舊石器時代中、晚期，其主要特徵是靠血緣紐帶維繫，實行族外婚。氏族社會先後經過母系氏族社會、父系氏族社會，大約在銅石並用時代由於私有制的發展而解體。

部落：部落一般指原始社會百姓由若干血緣相近的宗族、氏族結合而成的集體。形成於原始社會晚期，有較明確的地域、名稱、方言、宗教信仰和習俗，有以氏族酋長和軍事首領組成的部落議事會，部分部落還設最高首領。

文成公主（西元625年～西元680年）：唐代皇室遠枝，任城王李道宗之女。西元640年奉唐太宗之命和親吐蕃，成為吐蕃贊普松贊干布的王后，在吐蕃被尊稱甲木薩。文成公主聰慧美麗，自幼受家庭薰陶，學習文化，知書達理，並信仰佛教，她對吐蕃貢獻頗多。

大昭寺：大昭寺位於拉薩老城區中心，是一座藏傳佛教寺院，始建於西元647年的唐代，是藏王松贊干布為紀念尼泊爾的尺尊公主入藏而建。大昭寺在藏傳佛教中擁有至高無上的地位，而且是西藏存留下來的最輝煌的吐蕃時期的建築。

赤德祖贊：綽號梅阿迥，意為「鬍鬚先祖王」。按照藏族的傳統說法，他是吐蕃王朝第省十六任贊普，西元704年至西元755年在位，在位期間迎娶了唐代金城公主。

苯教：被稱為西藏最古老的象雄佛法、原始宗教和傳統文化。苯教是以顯宗、密宗、大圓滿的理論為基礎，是古象雄文化的核心，也是中國西藏民族傳統文化和藏傳佛教的源泉。

觀音菩薩：他相貌端莊慈祥，經常手持淨瓶楊柳，具有無量的智慧和神通，大慈大悲，普救人間疾苦。當人們遇到災難時，只要念其名號，便前往救度，所以又稱觀世音。

蓮花生大士：或蓮華生大師，是建立藏傳佛教前弘期傳承的重要人物，西藏密宗紅教開山祖師，常被尊稱為大師、大士、咕嚕仁波切等。8 世紀，蓮花生入藏，幫助西藏正式建立了佛教傳播的基礎，因此受到藏族人民的愛戴，尊奉他為藏密的開基祖，是寧瑪派的傳承祖師。

龍王：龍是中國古代神話的四靈獸之一，龍王則是指傳說中在水裡統領水族的王，掌管興雲降雨。在道教中有以海洋為區分的四位龍王，即「四海龍王」。

光明佛母：據藏傳佛教說光明佛母是隱身和消災的保護神，具有極大的威力，在佛寺的造像為一天女形象。在上掌管三十六天罡星，在下掌管七十二地煞星，此外二十八宿皆為其所管。

明王：明，即破愚闇之智慧光明，即指真言陀羅尼。明王有二義，一指真言陀羅尼之王，如佛頂一字真言為佛部之明王。二指一般所習稱之明王，如降三世明王為密教諸尊之一。降三世明王等為教化難調之眾生，而顯現忿怒相。

白梵天神：藏文名字叫「昌巴」。他生有4個頭兩隻手，這一點和印度的白梵天是相同的。可是，西藏大神殿中白梵天神經常是長著普通人的樣子，即一頭兩手，身色為白色，所以，西藏民間經常稱他為白梵天神。西藏人有時也把這位神靈叫作帝釋天，是吉祥而又善良的神靈。

藏傳佛教：或稱藏語系佛教，又稱為喇嘛教，是指傳入西藏的佛教分支。藏傳佛教，與漢傳佛教、南傳佛教並稱佛教三大體系。藏傳佛教是以大乘佛教為主，其下又可分成密教與顯教傳承。

【閱讀連結】

苯教對《格薩爾王傳》的影響還展現在格薩爾對敬神儀式的重視。苯教以自然神崇拜為主，尊奉的皆為天地、山林和水澤中的神鬼精靈，認為他們主宰著世界萬物。

為了告慰這些神靈，苯教十分重視對他們的祭祀，有煨桑、跳神、占卜和祈禳等宗教儀式。在這諸多儀式中，煨桑是在戰爭開始前舉行的。

因此，在《格薩爾王傳》中有關戰爭的場景中，經常可以看到煨桑的儀式。

融入史詩的藏族英雄形象

在 7 世紀至 9 世紀，不僅佛教和苯教進行了融合，同時也是吐蕃王朝的鼎盛時期。

在這一時期，吐蕃王松贊干布施展宏圖大略，終於透過發展生產，創立文字，制定法律，確立官制和軍制，建立起了以贊普為中心的集權奴隸主貴族統治，使吐蕃社會和藏族人民進入了一個全新的時代。

人們為了紀念松贊干布，就將他一生中很多大的事蹟都融合在了《格薩爾王傳》中。所以，吐蕃歷史上的很多事件都與《格薩爾王傳》中的許多重要情節吻合。

不管是統一青藏高原的戰爭，還是與生活在這塊土地上的其他民族的大融合，或者是與周圍鄰國之間的戰爭，都在《格薩爾王傳》中得到一定的反映。

在史詩《格薩爾王傳》的壯闊畫卷中，描述了格薩爾出生後被陷害的場面，這表現的就是吐蕃王朝早期內部爭奪王位的殘酷場面。

在史詩中，神子頓珠尕爾保投胎到了嶺部落。在人間的南瞻部洲有一個號稱穆布冬的游牧部落叫「嶺尕爾」。「嶺」在古代藏族歷史上是一個由小變大、由弱變強的部落名稱。

嶺尕爾又分上嶺、中嶺和下嶺三部。在上嶺住著色氏 8 部落，中嶺有文布 6 部落，下嶺則是穆姜 4 部落。

此外，還有噶沃部落、丹瑪 12 萬戶、達絨 18 部落等。這些部落生活的地方坦蕩寬闊，風景優美，綠油油的草原，像寬闊無垠的大海，萬花如秀，五彩斑斕，是一個遼闊廣大、景色如畫的好地方。

嶺尕爾的東北面是漢人居住的地區，南面是姜人居住的地區，西北面是魔鬼居住的地方，東面是霍爾人居住的地方。

這個部族的首領是藏族四大種姓穆布冬族人曲拉潘，他有三個兒子，長子叫戎查叉根，次子叫晁同，幼子叫僧隆。從這兄弟三人的時代裡，嶺人駐牧在黃河上游。

幼子僧隆娶三個妻子，首先娶嘉薩拉嘎為妻，生子賈察霞尕兒。後來，在嶺部落的不遠處，有一個噶部落，這個部落的頭人有一個貌似天仙的女兒，名叫噶薩拉姆，傳說是龍王鄒那仁慶愛女的化身。

噶薩拉姆生性賢慧，溫柔善良。於是嶺國派人去求婚，噶部落頭人沒答應，嶺國便率兵向噶部落進攻，包圍了噶部落國王的宮殿，國王這才答應把噶薩拉姆嫁給嶺國。與僧隆結婚的噶薩拉姆，婚後一直沒有懷孕。於是，僧隆又娶了第三個妻子那提悶，生子戎察瑪爾勒。

在一天夜裡，噶薩拉姆做了一個夢。她夢見一位身穿黃盔甲，容貌十分英俊的人。到黎明時，她感到從未有過的愉快和溫暖，頓珠尕爾保便投胎於噶薩拉姆腹中。

噶薩拉姆懷孕的消息像一陣風，一下子傳遍了整個嶺國。僧隆的三妃那提悶，聽到這個消息，妒意橫生，她極力向國王進讒言，要害死噶薩拉姆腹中的嬰兒。

他的伯父晁同更是懷恨在心，生怕這個孩子出生後對他的前途不利，在噶薩拉姆懷孕期間，百般刁難，造謠中傷，說噶薩拉姆腹中懷的是一個妖精。於是，他放咒、念咒、驅鬼，將噶薩拉姆從嶺地驅逐出去，放逐到荒灘野嶺的黃河邊。

被放逐的噶薩拉姆，分到的財產只是一頂遮不住風雨的破帳篷、一匹老母騾、一頭瞎眼的母犏牛、一隻老山羊和一條瘸腿的母狗。從此，噶薩拉姆一個人在這個荒蕪偏僻的地方，過著艱難的日子。

在過了無數個日日夜夜後，到了虎年的臘月十五，噶薩拉姆正在草場上擠奶，忽然天空大放光明，無數天神唱著悅耳動聽的歌曲。她抬頭望去，只見一位天神被仙女簇擁著款款而降。

噶薩拉姆出現了一種異乎尋常的感受，自覺身子輕若棉花，體內外一片光明。隨著早晨太陽的升起，她的頭頂湧現出月亮一般的白光。

此時天空中雷鳴閃電，眾神們奏起了仙樂，撒下了繽紛花雨，搭起了彩虹帳幕，整個草原出現一派祥瑞的景象。

在噶薩拉姆的帳篷頂部，還連接著彩虹雲頭，更是奇特無比。在這些種種吉兆的伴隨下，神子頓珠尕爾保便來到了人間。

與此同時，噶薩拉姆的 4 頭牲畜，母犛牛、母綿羊、母犏牛和騾馬，也都生犢產羔。

噶薩拉姆將頓珠尕爾保生下時，這個嬰兒的食指向上指著，站起身來，做出拉弓箭的樣子，並說：「我要做黑頭人的君長，我要制伏凶暴強梁的人們。」

因他是天神之子，生來即具有非凡的本領，他生下後便像個3歲的孩子，被取名覺如。

小覺如一出生，他的同父異母的哥哥賈察無比高興，把種種祥瑞花雨繽紛、彩虹搭帳連接雲頭等自然現象，都視為吉祥的預兆。

他一見到襁褓中的小覺如，就親昵地說：「太好啦，我的心願實現了。俗話說：『兄弟兩人和睦相處，是打擊敵人的錘子，騾馬倆匹配是發家的種子。』今後我們兄弟倆無論做什麼事，都沒有任何顧慮了。」

可是，伯父晁同認為覺如是「半人半神的怪物」，他的降生對嶺國極為不利，對自己日後篡奪王位將會造成嚴重的威脅，因此，他想「乘火苗弱小時撲滅」，妄圖將覺如殺於襁褓之中。

為達到目的，晁同費盡心機，屢屢設計。可是，結果事與願違，不但沒將覺如置於死地，反倒使他的陰謀一一敗露，使他醜態百出。

覺如在5歲那年，晁同雖知自己無能，但滅絕覺如的想法一直存在，他表面上裝作沒事，但心裡窺測著時機。最後，以覺如獵取野生動物的「罪惡」為名，向總管王進讒言。

總管王認為，覺如的行為擾亂了嶺國的內部事務，便將覺如母子再次驅逐出嶺地，去往那妖魔逞凶、煞神橫行的瑪麥玉隆松多地方。

這個小小的覺如，便是後來的格薩爾。後文還描述了格薩爾 13 歲賽馬稱王，這即是松贊干布 13 歲登基的映照。

覺如母子被驅逐到了荒無人煙的地方後，只好靠挖蕨麻、捕地鼠、抓獵物來充飢維生，日子過得非常艱難。

覺如母子來到瑪麥地方，這個地方出現了前所未有的鼠害現象，無尾地鼠占領著整個草場，山頭的黑土被翻遍，山腰的茅草被咬斷，大灘的草根被吃掉，草原荒蕪，牧草枯萎，草場植被退化，牲畜大量死亡，杳無人煙，大片草場遭到了破壞。

這時，覺如以頑強的毅力，消滅了危害百姓、破壞草場的鼠王，艱苦卓絕地戰勝各種困難，開拓了這塊處女地，使荒蕪的瑪域草原變成了水草肥美、牛羊肥壯的草原。

除此之外，他變化為許多化身，以神力降伏了大大小小的妖魔、煞神和所有的無形魔怪，使瑪麥地方慢慢安靜下來。在困境中長大的覺如，練就了一身與眾不同的本領。

不知不覺，覺如長到了 12 歲，正值藏曆鐵豬年，嶺國舉行賽馬盛會。在這次賽馬中，得勝者將得到嶺國的王位，以及巨富嘉洛的家產和他貌似天仙的女兒珠牡。

圍繞賽馬，嶺國內部展開了一場爭權奪利的鬥爭。而此時的覺如，在遙遠的瑪域地方，被逼得背井離鄉，現在一無所有，棲身洞穴，無法糊口，整天與狗爭骨頭、與鳥搶食，根本不知道嶺國將要發生的一切。

一天黎明時分，覺如還在熟睡，天姑貢曼杰姆在眾空行女的簇擁下，騎著白獅子降到覺如身邊說道：「天王的兒子，別貪睡，快起來，嶺國即將舉行賽馬大會，晁同是你最大的敵手，快去捉漫遊在北方荒野中的千里馬，你大顯神威的時候到了。」

說完，天姑貢曼杰姆便消失得無影無蹤了。覺如醒來，知道自己的使命後，便起身準備回故鄉參加賽馬大會。

總管王為了阻止晁同奪王位，為使嶺國的百姓過上安樂的日子，深知這次賽馬必須把覺如請來，而迎接覺如的使命只有珠牡才能完成。

於是，總管王對賈察和大臣丹瑪說道：「這次到瑪域迎接覺如回來的關鍵是珠牡，所以非她去不可，你們倆親自到嘉洛家的牧場，告訴珠牡，讓她一定要把覺如迎回來！」

按照總管王的吩咐，賈察、丹瑪兩人來到了嘉洛家中，說明了他們的來意。珠牡聽後二話不說，滿口答應願意去迎接覺如。珠牡本是白度母仙女的化身，當時天災人禍遍及藏區，天神將她派遣到人間，與覺如結為伉儷，輔佐覺如，共同為統一藏區貢獻。

現在她已投胎到人間，是嶺國三大家族之一嘉洛倉的女兒，以才貌出眾而聞名嶺國乃至整個藏區，覺如稱讚她「真是藏地少有世界無雙」。

在廣大藏族人民心目中，珠牡就是「絕代佳人」的代表。史詩中對她是這樣描述的：在那黃金松石的寶殿裡，有一位豔麗的女子，用盡人間所有的讚辭，對她都顯得蒼白無力。眼睛靈活如蝶飛，雙眸黑亮像泉水。眉兒彎彎似遠山，牙齒晶瑩如白玉。雙唇好比瑪瑙紅，身似修竹面如月。頭上青絲垂松石，漫步猶如仙女舞。深沉的西海是她的內涵，飄裊的雲霧是她的風姿。冬天她比太陽暖，夏天她比柳蔭涼。珠牡的確很美，所以她贏得了所有嶺國英雄的愛慕，比起財寶和王位來，人們更想得到的是美麗的珠牡。

為了得到王位和珠牡，晁同絞盡腦汁，百般費心，決心在這次賽馬中一定要獲勝。於是，他祈求神靈給予保佑，同時為土地神煨桑，向神壇上插旗旛，等待著賽馬日子的到來。

再說珠牡接到賈察和丹瑪的命令，騎著她的青灰馬，不辭辛勞，跋山涉水，遭受種種磨難，來到了曠無人煙的瑪域地方，苦口婆心地奉勸覺如返回嶺國。

覺如答應返回嶺地，可是他一生事業的戰馬，如今還混雜在一百匹野馬群中，牠既不是家馬，也不是野驢，而是一匹千里馬，懂人的語言，神通廣大，變化無窮。若捉不到牠，覺如賽馬難以成功。這個任務還只有珠牡能完成。

珠牡知道自己身負重任，只要覺如賽馬奪魁，讓她做什麼都毫無怨言。於是，她向覺如問清了這匹馬的特徵以後，去天界找千里馬。

珠牡不負眾望，將覺如從瑪域地方接回來，還將神通廣大、變化無窮的千里馬從天界擒來。

一切準備就緒，舉世矚目的嶺國賽馬大會，在一個吉日良辰拉開了帷幕。此日，天空湛藍，陽光明媚，嶺國各部落都出動了人馬，大家身著盛裝，滿懷豪氣，各個瀟灑英姿，喜氣洋洋，雄赳赳氣昂昂地走進了賽場。

這裡，最引人注目的是覺如，自從他從天界降生的那天起，猶如太陽躲藏在雲層裡，蓮花塌陷在淤泥裡一樣，自性經常隱蔽，從未顯露過他的真實面貌。

今天，在這樣一個特殊的日子裡，他拋棄了醜陋的形象，展現出了奇異俊美的相貌，成為世間眾生眼中美男子的典範。

就連大地也因他的神威而搖撼震動。在天空的彩虹中間，眾多的天神與保護神也為他唱起了吉祥的歌，天花繽紛，瑞雪靄靄。

在神龍念的加持和護佑下，覺如在賽馬中衝破重重阻力，一舉奪魁，登上了嶺國王位的寶座，和如花似玉的珠牡結為夫妻，從此覺如統領嶺國，稱為「格薩爾」，並正式取名為「世界雄獅大王諾布占堆」。

覺如賽馬奪魁的消息，如同夏季暴風雨中的雷聲響徹雲霄，一下子傳遍了整個天際。在文中格薩爾賽馬前得到諸多人的幫助，也是象徵著松贊干布登基前得到的多方幫助。

【旁注】

松贊干布（西元617年～西元650年）：吐蕃王朝第三十三任贊普，是實際上吐蕃地方政權的立國之君。在位期間平定吐蕃內亂，極大擴張了吐蕃的版圖，使吐蕃成為青藏高原的強國。確立了吐蕃的政治、軍事、經濟、法律等制度，從唐朝和天竺引入佛教、從唐朝引入科學技術以及曆法。

虎年：虎，古代十二生肖中的一個，每個生肖對應一年，然後依次循環。十二生肖是中國民間計算年齡的方法，也是一種古老的紀年法，虎年在十二生肖中位列第三，在十二地支配屬「寅」。

臘月：農曆十二月為「臘月」。「臘」是中國古代祭祀祖先和百神的「祭」名，南北朝時期固定在十二月初八，先民都要獵殺禽獸舉行大祭活動，拜神敬祖，以祈福求壽，避災迎祥。這種祭奠儀式稱為「臘祭」，因而年終的十二月被叫作「臘月」。

煨桑：中國藏民族最普遍的一種宗教祈願禮俗，是宗教場所不可或缺的形式之一。據說在煨桑的過程中產生的煙霧，不僅使凡人有舒適感，山神也會十分高興。因而信徒們以此作為祈福的一種形式，希望神會降福於敬奉祂的人們。

加持：是指佛菩薩以不可思議之力，保護眾生，稱為神變加持。密教認為大日如來以大悲大智隨順眾生、佑助眾生，稱為加。而眾生受持其大慈悲，則稱持。即大日如來與眾生相應合一，如來三密與眾生三業相互相應，攝己入他，令其感知如來之慈悲，則可成就種種妙果以期成佛，此稱三密加持。

【閱讀連結】

《格薩爾王傳》中幫助格薩爾取得寶馬的珠牡，也是史詩中塑造的一個非常重要的人物。

她美麗、堅貞、能幹、智慧，雖然生在富有之家，但富有正義感，不肯嫁給大食財國的王子，寧可愛戀備受迫害、窮苦潦倒的格薩爾，即使受到父母的斥罵，也毫不動搖，展示了藏族女性的美好心靈。

當格薩爾前往魔國征戰、霍爾尋隙進犯的緊急時刻，珠牡能團結嶺國英雄和人民奮起抵抗，在被圍困的3年中，她巧施妙計，穩住敵人，等待格薩爾回師，在被俘之後、她忍辱負重，毫不喪失信心。

這一切，都深刻地表現了藏族婦女的聰明勇敢和頑強堅貞的性格。

史詩中的藏族英雄故事

在《格薩爾王傳》中，關於格薩爾對魔國、霍爾國、姜國、門國的征戰，則是象徵著松贊干布統一青藏高原的功績。

據《格薩爾王傳》記載，格薩爾稱王登基後，為了成就猛力降魔的四種事業，他斷絕內外一切來往，安下心來到東方宗喀查茂寺，閉關修行降魔大力法。

這時，不少敵國蠢蠢欲動，相繼挑釁，進犯嶺國，妄圖消滅嶺國，可以說群敵四起，硝煙滾滾，嶺國面臨危機。

可是，身負「抑強扶弱、為民除害」重任並為之而奮鬥的格薩爾，絕不能容忍一個個侵略者來踐踏自己的祖國、侵犯自己的家鄉、危害自己的人民！也絕不允許青藏高原長期處在群雄割據、部落混戰的分裂局面！

堅定的信念、神聖的使命感和強烈的事業心是格薩爾一生戰天鬥地、南征北戰、頑強拚搏、艱苦創業的強大精神動力。他先後降伏魔國、霍爾國、姜國、門國，接著安定三界，實現了國家的和平，保衛了人民生活安居樂業。

格薩爾首先降伏了魔國。在嶺國的北方有一個魔國，魔王名叫「魯贊」，他生性殘暴，以塗炭生靈為樂。他食人肉，飲人血，生性極端殘忍凶惡。他居住的九尖魔鬼城，城堡是用人頭疊成的，旗幟是用人屍做的。魔國四處，妖魔橫行，煞神逞凶，一派恐怖氣氛，眾生苦不堪言。

有一天，格薩爾的次妃梅薩山，在帳門前平坦的草地上織布時，突然間，從溝裡颳來一陣紅風，從溝口捲來一股黑風，狂風中間出現了一個面目猙獰的黑人，就像餓雕捉羊羔似，把梅薩山捉走了。

梅薩山的使女急忙跑到查茂寺，格薩爾大王閉關修行的地方，把梅薩山被捉的消息告訴了格薩爾大王。格薩爾聽後，頓時氣得七竅生煙。為了消滅吃人的魔王，救回自己心愛的妃子，格薩爾騎上千里馬，獨自出征北方魔國。

格薩爾縱馬前行，翻過一道道山嶺，走過一條條河谷，來到一座像心臟一樣的山峰，發現山嶺頂上有一座四角城堡，四面樹著人屍做成的勝幢。他心想這就是魔王魯贊的城堡了。

由於魔國戒備森嚴，魔王魔法無邊，格薩爾在魔國遇到了很多困難。最後，在魔王妹妹阿達拉姆的協助下，衝破各種阻力，終於進入魔宮，與梅薩山見了面。

阿達拉姆不但告訴格薩爾殺死魯贊的辦法，而且巧妙地將他藏於魔宮，使格薩爾能夠直接搗毀魔王魯贊的老巢。

格薩爾抓住一切有利時機射殺魯贊，魔國宣告滅亡。格薩爾將魔王的妹妹阿達拉姆立為妃子，並委任阿達拉姆為北方魔國的頭人。降伏了魔國後，格薩爾想即時返回嶺地，可是吃了梅薩山投了迷魂藥的酒，就忘記了身前身後的一切事情，渾渾噩噩，整天只知道吃喝享樂，在北方魔國度過了好幾個年頭。

在嶺國的東方有個霍爾國，國大勢強，經常侵犯別國，強迫其納貢稱臣。霍爾先王托托熱慶在位時，嶺國每年要向霍爾國交納許多貢稅。格薩爾稱王後，將此完全廢除。

因此，霍爾國對格薩爾最為嫉恨，時時企圖恢復對嶺國的專制。就在這時，霍爾國趁機偷襲了嶺國。

霍爾國有 3 個一母所生的國王，他們均以自己帳篷的顏色命名，一個叫黃帳王，一個叫白帳王，另一個叫黑帳王。其中白帳王的勢力最強，威震四方。

格薩爾北地降伏魔國，格薩爾的伯父晁同一直垂涎嶺國大王的寶座，此時，他聽說霍爾國想進軍嶺國，妄圖一舉殲滅嶺國。聽到這個消息，認為自己等待已久的時機已到來。

因此，他想方設法串通霍爾人，即時傳遞嶺國內部消息，洩露嶺國機密。於是霍爾國派遣 120 萬大軍，向嶺國發動了大規模的侵略戰爭。

在這次戰爭中，嶺國眾英雄和眾百姓英勇抗擊，結果，老英雄司盼慘遭暗算，為國捐軀。格薩爾同父異母的兄長賈察，弟弟戎查瑪爾勒及昂瓊等無數英雄都死於戰場。

嶺國的城堡也被搗毀，最後因寡不敵眾，嶺國淪陷，嶺國的珠寶財富被一搶而空，美麗的珠牡和侍女被霍爾國掠走，嶺國被攪成了一片血海，人民怨聲載道，盼望格薩爾早日回來，為嶺國報仇雪恨。

珠牡到了霍爾國，憂國憂民，茶飯不思，她多麼盼望格薩爾早日回來，救她出魔窟，救嶺國百姓。等啊盼啊，可是很久都沒有盼來格薩爾。

於是她派遣自己心愛神鳥仙鶴三兄弟，為遠在魔國的格薩爾捎去了一封信，信中詳細敘述了嶺國遭劫、英雄遇難和她自己被掠的事。三仙鶴經過數日的艱難飛行，飛到了北方魔國，將珠牡託付的信件交給了格薩爾。這時，格薩爾的神智才清醒了。

當他得知霍爾國對嶺地發動了大規模的侵略戰爭，哥哥賈察在戰場上陣亡，妻子珠牡被掠去，嶺國人民處於水深火熱之中時，心中非常悲痛。

他想，北方魔國已被收服，現在該輪到收服霍爾國的時候了，於是，他準備返回嶺國。他騎著心愛的千里馬，快馬加鞭，來到了久別的故鄉。

格薩爾首先處治了伯父晁同，然後變換法術，來到霍爾國，殺死白帳王，救回妻子珠牡，為嶺國報了血仇。由於霍爾國的辛巴歸順嶺國，因此，格薩爾將霍爾國的治理權力交給了辛巴。

在《格薩爾王傳》中最著名的「霍嶺大戰」終於落下了帷幕。其戰爭規模之大，戰爭之殘酷，比起《荷馬史詩》中帕里斯拐走海倫的那場特洛伊戰爭，可以說是有過之而無不及。

格薩爾王繼續他的使命，開始了降伏姜國的戰鬥。在嶺國的西南邊有一個姜國，幅員遼闊，有部落 18 萬戶。國王薩丹精通魔法妖術，且橫行霸道，極其貪婪，經常仗恃自己兵多將勇，對內橫徵暴斂，使良民百姓苦不堪言；對外侵襲近鄰，使四處鄰邦雞犬不寧。

嶺國有一個阿隆鞏珠鹽海，方圓幾十里大，它和姜國邊界相接。害人成性的薩丹王，一天心血來潮，貪心發作，命令王子玉拉托琚率軍侵襲嶺國，並在國內強行徵兵。

玉拉托琚對父王的所作所為大為不滿，可是姜王並沒有顧及王子的情緒，命令他率兵出征，奪取嶺國的鹽海。

母后白瑪曲珍則認為玉拉尚年幼，不宜率兵打仗，所以極力勸阻玉拉不要出征打仗。玉拉進退維谷，最後，薩丹以處死母后來要脅王子出征，逼迫玉拉率兵進鹽湖。

格薩爾得知此事後，發出號召：

鄰地兵馬來犯邊，寸土不讓不投降，花嶺大戰姜國，為衛功利圖自強，為護嶺國救百姓，為保飯食與民享。

並派遣大臣索瑪到霍爾國，命令霍爾國王辛巴帶兵火速前來嶺國。

大臣索瑪接到聖旨，夜以繼日地來到霍爾國，向辛巴傳達了大王的意思。辛巴接到消息後，二話不說，立即準備所有武器，帶領所有部隊，騎上他那匹棕黃色駿馬，直奔嶺國而來。

以格薩爾王為首的嶺國 180 萬兵馬，聚集在納隆貢瑪射箭場，夾道歡迎辛巴和索瑪兩人歸來。格薩爾吩咐了辛巴降伏姜國的方法。辛巴領命後，隨即雄赳赳、氣昂昂地走了。

辛巴來到鹽海邊，與姜國王子玉拉托琚相遇。只見玉拉托琚一手按著刀鞘，一手倒提摧伏千雷快刀，傲慢地問道:「來者何許人？快快報來姓名，否則就殺了你。」說完，向辛巴撲過去。

辛巴也立馬按鞘，既傲慢又氣憤地問道：「你是姜國的什麼人？速報姓名來！在我辛巴面前，只有乖乖待著才有安寧，要不然，我殺你用不了吹灰之力。如果你是個嶺國人，不管怎麼不動聲色，我也要殺你;如果你是個黑姜人，霍爾人，或者黑魔人，那我們就是朋友，辛巴今日就不再與你相鬥。」

玉拉托琚聽後說道：「啊！原來你就是霍爾國王辛巴，幸會幸會。我是姜王子玉拉托琚，你今天到底為何事而來，請直說。」

辛巴從口袋裡取出早已準備好的一條哈達，雙手捧起，說道：「噢！原來你就是大名鼎鼎的玉拉托琚王子，姜薩丹王像擎天柱一樣，而你和你父親毫無區別。」

說著，把哈達獻給了王子。於是，兩人就互相攀談起來。他們一邊攀談一邊喝酒，你一杯我一杯，你來我往，不知不覺，兩個人喝得醉醺醺的。可憐的小王子就這樣輕而易舉地中了辛巴的計。

辛巴看見時機成熟，趁玉拉托琚不省人事時，用早已備好的黑皮繩把玉拉五花大綁起來，然後拖到馬背上，帶到了嶺國。

玉拉托琚平時對父王薩丹暴虐百姓、殘害百姓的行徑非常不滿，到了嶺國後，在其母后白瑪曲珍等人的善言勸說下，玉拉托琚投靠了格薩爾。

因玉拉托琚前世是天國的神子，雖然今生今世投生姜國，也是前生誓願所致，為了讓他匡扶善業，格薩爾把他列入嶺國 80 大將之中。活捉姜國王子之後，格薩爾率領千軍萬馬，開拔到姜國。乘姜國丹王飲水之機，格薩爾變成一條金魚鑽入他腹中，又變成了一個千輻輪，在薩丹腹內不停地轉動，攪得他心肺如爛粥，這樣就降伏了姜國。格薩爾讓玉拉托琚接任姜國的國王。

格薩爾王先後征服了魔國魯贊王、霍爾國白帳王、姜國薩丹王等 3 個魔國，唯有門國還未被征服。於是，他就開始了降伏門國的鬥爭。

在嶺國的南部有一個門國，國王名叫辛赤。在賈察尚未成年、格薩爾降世之前，當嶺國還是個弱小部落時，辛赤王曾命令他的兩個老臣，率兵 15 萬，無端侵犯嶺國。

摧毀 18 大部落，殺害百姓，掠奪財產，擄掠珍寶，燒殺搶掠無惡不作，使嶺國慘遭蹂躪，受到滅頂之災。從此，嶺門兩國結下了不解之仇。有一天，格薩爾正在森周達澤王宮閉關修行，天姑貢曼杰姆騎著白棕毛獅子降臨。在五彩繽紛的彩虹帳中，四周環繞著潔白的雲朵，下邊漂浮著蓮花形狀的紅雲，有無數的仙女跟隨在左右，芬芳香氣彌漫著整個天際。

天姑貢曼杰姆向正在修行的格薩爾大王說道：「天神派你到人間，是為了降伏人間一切鎮壓百姓的黑魔，現在，你已經降伏了三方妖魔，唯獨南方門國還未制伏，快停止你的閉關修行，降伏門國的時機已成熟，如果延誤時機，以後很難征服。再說門國的公主梅朵拉孜，有能劈青天的劍，摧毀大食國需要此人，請不要磨蹭快起程。」

說完之後，天姑貢曼杰姆像彩虹一樣消失得無影無蹤。接到天姑的聖旨，格薩爾覺得收服門國的時機的確已成熟。

於是，他通知嶺國所有部落王臣，聚集在嶺國的達塘查茂大會場，向大家發布了進軍門國的號令。並委託天空的彩虹，為北方魔國的阿達拉姆送信，派遣嶺國的兩名使者，為霍爾國的辛巴送信，派遣神鳥仙鶴三兄弟，為姜國的玉拉托琚送信，讓他們帶領兵馬前來，出征門國。

接到格薩爾大王出征門國的旨意，北方巾幗英雄阿達拉姆率領魔國兵馬數 10 萬人，霍爾國辛巴率領 3 萬大軍，姜國玉拉托琚率領數百名鐵騎，浩浩蕩蕩地開拔到嶺國。

3 個屬國的兵馬一到，雄獅大王即刻發布出征的命令，嶺國 80 部落的大軍、騎兵、步兵以及屬國的兵馬，戰旗獵獵，一齊出征門國。

嶺軍各部把門國的千山鐵城，像鐵環一樣包圍起來，把千山城的四面八方圍得水泄不通。經過激烈的鏖戰，格薩爾終於征服了門國。

至此，格薩爾消滅了四方妖魔，解救了百姓，從此四方安定，廣大的老百姓過上了幸福的生活。

當格薩爾打敗了四大魔王後，格薩爾的伯父晁同因偷盜了大食國的幾匹良馬，引起了嶺國與大食國之間的糾紛，當雙方相持不下時，格薩爾率部出戰，戰勝了大食，並將大食財寶庫中的珠寶分給了百姓。

後來，格薩爾又滅了卡切國，將寶庫中的松爾石財寶分發給百姓後班師回國。此後，格薩爾或因嶺國遭受侵略，為保衛家鄉而反擊；或因鄰國遣使求援前去解救；或因貪婪的晁同挑起事端釀成戰事；或因嶺國出兵占領鄰國等，在嶺國和鄰國之間又發生過多次戰爭。

這些大大小小的戰爭皆以嶺國獲勝而告終，格薩爾則從戰敗國取回嶺國所需的各種財寶、武器、糧食、牛羊和金銀財寶等，使嶺國日趨富足強大。

《格薩爾王傳》中這些戰爭的描述，都是吐蕃大臣欽陵兄弟倆扶助贊普王室開疆拓土的紀錄，是松贊干布之後的第三十七任吐蕃王赤松德贊擴邊拓疆炫耀武功的功績。

《格薩爾王傳》史詩中，所反映的嶺國與蘇毗，與象雄，及闐國，與吐谷渾，與大食喀什米爾、突厥、黨項、回鶻、南詔等國發生的戰爭，大多發生在赤松德贊執政以前，有些是發生在松贊干布時代，有些是芒松芒贊朝代的事。

【旁注】

妃：或稱皇妃、宮妃、帝妃等，是中國古代皇帝側室的一種。上古時期，妃是用來稱呼君主之正室，如正妃，因當時「后」字的使用是用於稱呼君主。在「后」字用於稱呼君主正室後，妃的等級下降，不再如往前用以稱呼君主之正室。

哈達：蒙古族和藏族作為禮儀用的絲織品，是社交活動中的必備品。哈達類似於古代漢族的禮帛。蒙古族和藏族表示敬意和祝賀用的長條絲巾或紗巾，多為白色，藍色，也有黃色等。此外，還有五彩哈達，佛教教義解釋五彩哈達是菩薩的服裝。

芒松芒贊（西元 637 年～西元 676 年）：按照藏族的傳統，他是吐蕃王朝第三十四任贊普。他是松贊干布之孫。西元 650 年，松贊干布去世後，芒松芒贊年幼即位，由大相噶爾．東贊域松輔政。

【閱讀連結】

關於格薩爾王的原型，後來據歷史學家分析有可能是吐蕃亞隴覺阿王系的後裔唃廝羅，而唃廝羅的妻子喬氏夫人可能是格薩爾王妃珠牡的原型。

在史詩《格薩爾王傳》中，格薩爾王妃珠牡不但有著天仙般的美貌，而且還有勇有謀，膽識過人，甚至能親自帶兵上陣。那麼，歷史上真實的喬氏夫人又是如何的一個人呢？

從史書僅有的記載，可以對她有以下幾點了解：一是她有姿色，甚得唃廝羅寵愛。二是她部有六、七萬人的軍馬，不僅號令明肅，而且還令諸部族莫不畏服。

從史書中關於唃廝羅的喬氏夫人的記載可以知道，她應該是一個有美貌身材、有兵馬部眾、有膽略見識的巾幗英雌，可以說幾乎與傳說中的珠牡王妃相差無幾。

展現眞善美的人文追求

《格薩爾王傳》在表現對真、善、美執著追求的同時，根據藏族人民的普遍願望和要求，還著意把格薩爾塑造為一個藏族人民心目中理想人格的光輝典範。

在《格薩爾王傳》描寫戰爭的部分，也展現出藏族是一個富有道德感和道德傳統的民族，他們在長期的生產和社會活動中，形成並發展了具有本民族特點的道德倫理思想。

在《格薩爾王傳》中，道德評價的基本尺度是「曲」與「兌」，按漢語理解就是善道與魔道。

「曲」，在藏語裡代表一切善良、正義、公平、合理、美好、光明的事物和行為。甚至格薩爾本人在史詩中也被稱為「曲傑」，譯成漢語就是施行善道的國王。嶺國也被稱為「曲德」，譯成漢語就是善道昌盛的地方。

「兌」在藏語裡則指一切邪惡、偽善、奸詐、殘暴、醜惡、黑暗的事物和行為。凡是那些生性邪惡、施行暴政、殘害人民的君主，都被稱作「兌傑」，按漢語之意就是魔王。

在史詩中，以格薩爾和嶺國為一方，代表善道，以魔王為另一方，則代表魔道。綜觀史詩中的全部矛盾和鬥爭，基本上都是圍繞善道與魔道來展開的。

《格薩爾王傳》一書，還分別對黑、白兩種顏色賦予了倫理道德的意義。白色代表善業和正義，黑色則代表一切妖魔和邪惡。

所以，在史詩中多次強調了格薩爾立志要降伏一切黑色妖魔並力圖弘揚白色善業的決心。代表善道的格薩爾及其嶺國英雄們，他們的一切所作所為在史詩中都獲得了肯定性道德評價。

史詩在盡情謳歌倡行善業的人們，並對道德輿論上給予充分肯定性評價的同時，也對一個個魔王，即暴君在人世間所犯下的滔滔罪行，給予了深刻的揭露和譴責。

例如，史詩中把格薩爾所征服的第一個北方魔王魯贊，描寫成一個以 100 個大人作早點，100 個男孩作午餐，100 個少女作晚餐的極端殘忍、暴戾的惡魔。

像這樣的惡魔，一天竟要用 300 人的血肉之軀來作為他的膳食，長此下去，人類豈不被他吃光了嗎！面對這樣的惡魔，人們怎能不從道德情感上對他產生憎惡和仇恨呢？

格薩爾代表正義和善業，為了造福百姓，理所當然要剷除這樣的妖魔了。史詩中的魔王並非一個，但他們的罪惡行徑卻如出一轍。

如姜國的國王薩當是喝人血、吃人肉的魔鬼。其他如霍爾的白帳王、門國的辛赤王等，都是凶惡殘暴、嗜血成性、貪得無厭、不顧百姓死活的暴君。

對於這些暴君的惡行，史詩透過生動地描繪和揭露，無疑會激起藏區善良人們的極端仇視和痛恨，必然要從社會輿論上給予譴責、批判和否定。

在人類道德史上，善與惡從來就是相伴相隨的。任何一個民族的思想觀念中，都有善與惡的概念。任何一個民族的行為中，都有善和惡的現象存在。無善則無惡，無惡則無善，兩者相輔相成，互相對照，互相映襯，在對立統一的矛盾鬥爭中發展。

從這對矛盾鬥爭的總趨勢來看，善總是要戰勝惡，惡總是要被善所取代，就如同正義總是要戰勝邪惡，光明總是要戰勝黑暗一樣，這是人類社會及其思想觀念發展不可逆轉的趨勢。

綜觀世界上各民族的神話、傳說、史詩，以及其他形式的文化藝術作品，所反映出來的善與惡的鬥爭結果莫不如是。

藏族英雄史詩《格薩爾王傳》所反映的善與惡的鬥爭結局，也是善業戰勝了惡業，善道取代了魔道。因此，《格薩爾王傳》史詩中的道德思想具有這樣兩個特點：

一是善與惡是衡量辨別一切事物真偽的標準。凡是正義的、合乎道義的、具有人性的行為和事物，就被看成是善的而予以褒獎；凡是非正義的、不講道義的、踐踏甚至摧殘人性的行為和事物，就被看成是惡的而加以否定。

二是在價值取向標準上，詩中宣揚了善惡自有報應的思想，進而引導人們應該揚善抑惡，向善去惡，擇善棄惡，希望人們應該做到從善如流、嫉惡如仇，擇善而從之，遇惡則棄之。

應該說，史詩中對這種善惡標準的態度和對善惡價值取向的選擇，無疑都是正確的，也是非常具有正面意義的。

而且在《格薩爾王傳》的最後，描寫了格薩爾「地獄救妻」的故事，也是展示出了藏族人們，渴望被這樣具有善良本質的人治理的願望，還有藏族對於勇於改過自新的人們寬恕的胸懷。

在故事的最後格薩爾赴漢地去弘揚佛法了，他走後不久，他的妃子阿達拉姆身患重病，她發燒如火焚，四肢發冷如寒冰，肺內風痰似骨梗，心煩意亂，晝夜不安。

醫生和卦師都束手無策，念經祈禱禳解亦毫無效果。最後，她將手下的大臣們召到榻前，囑咐後事完後就離開了人世。

阿達拉姆生前是北地魔王魯贊的妹妹，曾任 9,000 雄兵首領，一生東征西討，不斷殺伐，罪惡沉重。因此，閻羅王把她打入了十八層地獄。

格薩爾從漢地回來後，得知阿達拉姆已在十八層地獄裡，被折磨得皮開肉綻，承受著無數難以忍受的痛苦。

格薩爾為此事震怒，他迅速來到地獄門口，大吼 3 聲，震得油鍋翻倒，刀山崩裂，眾鬼卒嚇得四處奔逃，十八層地獄被震得像那輪盤轉了 18 轉。

接著，格薩爾射出了 4 支無量神箭，徹底摧毀了一向被人們視為不可觸犯的、陰森可怕的十八層地獄，釋放了許多無辜受罪的亡魂，同時也拯救了其愛妃阿達拉姆。

此時，格薩爾完成了在人間降伏妖魔、扶助弱小、懲治強暴的使命，天下太平，嶺國百姓豐衣足食，格薩爾可以說是功德圓滿了。

按照天神的旨意，格薩爾將國事託付給姪子扎拉澤傑，即賈察之子，剩下的事情具體由扎拉澤傑來辦理，自己與母親噶薩、王妃珠牡等一起重新返回到了天界，規模宏偉的史詩《格薩爾王傳》到此結束。

另外，史詩中在塑造格薩爾這個人物時，著重表現了他所肩負的使命，透過對格薩爾完成自己使命的全過程的描述，展現了廣闊的社會生活畫面，展現了生活在青藏高原的藏民族的心理素養和民族精神，表達了古代藏族人民的理想和願望。

史詩的一開始，就描寫了古時候藏族人民生活在一個十分美麗的地方，人們安居樂業，和睦相處，過著幸福美滿的生活。

但是好景不長，突然有一天，不知從什麼地方颳起一股邪風，這股風帶著罪惡，帶著魔怪颳到了藏區這個和平、安定的地方。

晴朗的天空變得陰暗，嫩綠的草原變得枯黃，善良的人們變得邪惡，他們不再和睦相處，也不再相親相愛。剎那間，刀兵四起，狼煙四起。

為了拯救藏族眾生的痛苦和不幸，為了弘揚人間善業，格薩爾受天神驅遣，降到人間，肩負的道德使命就是教化百姓，使藏區脫離惡道，眾生享受太平安樂的生活。

史詩把他描繪為一位大智大勇的英雄，並記載著格薩爾一直銘記著自己的使命，無論是在年幼的時候還是長大成人，都時時刻刻想著造福百姓。

例如，在格薩爾未滿 5 歲前，他就對雜曲河和金沙江一帶的無形體的鬼神做了許多降伏、規勸、收管等數不勝數的好事，讓百姓安居樂業，過上幸福安寧的生活。

後來即使陰險毒辣的伯父晁同迫害他和他的母親，父親和嶺國百姓也對他產生誤解，最後被驅逐到最邊遠、最貧窮的瑪麥地方，生活貧困，處境艱險。他仍不氣餒，始終牢記自己所肩負的道德使命，總是千方百計地為故鄉人民謀利益。

後來，他返回嶺國參加賽馬大會，他未來的岳父代表嶺國百姓向他致祝辭，希望他成為一個專門鎮壓邪鬼惡魔的人，希望他做一個揚棄不善的國王。

格薩爾也不負眾望，當他賽馬成功、登上嶺國國王寶座後，立即向嶺國百姓莊嚴宣稱：

我是雄獅大王格薩爾，我要抑暴扶弱除民苦。我是黑色惡魔的死對頭，我是黃色霍爾的制伏者。我要革除不善之國王，我要鎮壓殘暴和強梁。

他懂得光有決心不用武力是解決不了問題的。因此他強調：

那危害百姓的黑色妖魔，若不用武力去討伐，則無幸福與和平；為了把黑魔徹底來降伏，我又是武力征服的大將領。

格薩爾也是就像他所說的誓言一樣，一生先後用武力降伏了數不勝數的妖魔鬼怪，忠實地實踐了他曾經立下的道德誓言：

降伏妖魔、造福百姓，

抑強扶弱、除暴安良。

當功成名就，一切都如願以償時，他就辭別人間，返歸天界。

格薩爾就是這樣，用他堅定的道德信念和切實的道德行動，保衛了嶺國的國土，為嶺國人民帶來了幸福和安寧的生活。

因此他理所當然地受到了「雪域之邦」的「黑髮藏民」們的愛戴和熱烈擁護，成為藏區人民心目中光輝奪目、光彩照人的理想人格典範，被人們敬稱為：

制伏強暴者的鐵錘，拯救弱小者的父母。

甚至連魔國的百姓也因格薩爾替他們消滅了妖魔、除卻了苦難而對他感恩戴德。

全文對於格薩爾鋤強扶弱的堅強意志做了多次重點描寫，這也是展示出藏族人民對和平、安定的強烈願望，還有對追求幸福生活的強烈意志。

關於格薩爾這一理想人格問題，史詩雖然一再宣稱格薩爾是天神之子，但在具體的描寫中，並沒有把他塑造成頭罩光環的可望而不可即、可敬而不可親的神祕人物，而是給予格薩爾更多人的天賦和人的氣質，使人們感到真實可信，可親可敬。

史詩既描繪出他為了人民的幸福與安寧，具有戰勝一切妖魔鬼怪和艱難險阻的理想人格的同時，又刻劃出他有時也會失算、做糊塗事、打敗仗、陷入困境，具有七情六欲、喜怒哀樂的普通人格特點。

然而，這並不妨礙或損傷格薩爾這一理想人格的理想性和完美性，相反，使他顯得更有血有肉，映襯出他人格形象上的偉大和光輝。

格薩爾這個「降伏妖魔，造福百姓，抑強扶弱，除暴安良」的道德楷模，不僅是藏族人民在特定歷史條件下的理想人格典範，就他的思想和行為而言，也堪稱是世界各族人民在相同歷史階段的共同的理想人格典範。

總之，格薩爾史詩深刻地展現了生活在世界屋脊上的藏族人民，勤勞、智慧、驍勇、自強不息、敢於創造的民族精神，表達了藏族人民希望消除戰爭、人民安定團結、生活富裕美滿、佛法興盛的願望和崇高理想。

熱情歌頌了光明、正義和一切真善美事物，有力鞭撻了一切假、惡、醜、黑暗和腐朽的現象，揚善棄惡、抑霸護弱、造福百姓。這種強烈的民族精神就是格薩爾史詩的靈魂。

【旁注】

魔道：與傳統道法有所不同的另類處事求道之途。魔道並不是說就是邪惡之道，魔道的修行與道教和佛教雖然不同，但是殊途同歸，道家講究順應自然，即人們所常說的道法自然，佛講求超脫輪迴，而魔道講的自在由我，是一種不受世俗倫理所限，放蕩不羈的處事方式。

佛法：是關於生命的真理，佛教叫作「聖諦」。「聖」，意為神聖的、尊貴的、聖者的；「諦」，意為真諦、真理、真實。它是佛陀所教導的法，是斷除煩惱、滅盡諸苦的方法，後世將這些教導記錄成文，即成了佛經。

地獄：傳說罪人死亡後靈魂會到的地方。在傳統宗教觀念中，地獄是陰間地府的一部分。其實陰間和地獄的性質不盡相同，陰間也稱冥界，泛指亡魂所在的空間，而地獄特指囚禁和懲罰生前罪孽深重的亡魂之地，可以說是陰間的監獄和刑場。

天界：在宗教中認為天界是神仙居住的地方，天界中的人可以享受快樂。天人壽命很長且有大能，一動念萬般衣物美食便隨處湧出。佛教認為天界的人壽命雖然很長但也有盡頭，之後還要進入輪迴，墮回人間乃至地獄。

狼煙：點燃乾燥的狼糞而形成的煙，狼煙是作為古代軍隊中傳送警報資訊的信號，一旦有危險，就立刻點燃狼煙，別的地方的士兵就看見了，因為狼煙很濃，而且狼煙很重不會輕易被風吹散，而狼糞又易保存，所以被作為古代軍事信號傳送工具。

天神：指天上諸神，包括主宰宇宙之神及主司日月、星辰、風雨、生命等神。在佛教裡，天神的地位並非至高無上，但可比人享有更高的福祇。天神也會死，臨死前會出現衣服垢膩，頭上花萎，身體髒臭，腋下出汗，不樂本座等五種症狀。

【閱讀連結】

《格薩爾王傳》中將嶺國描述成了一個社會制度和人倫關係幾乎達到盡善盡美的境界的國家。

從自然方面看，它是一個異常美麗的地方。從社會方面看，人人可以參與國政，享受平等的權利，沒有法律，沒有監獄，不必擔心遭受苛政酷刑之苦。

在如此理想和美妙的優越環境及其社會制度下，人民過著和平安寧的日子，特別是有了格薩爾這樣一位英明賢達的君主，人民便不斷獲得豐富的寶藏，過著更加富裕幸福的生活。

對嶺國這樣一個社會理想典範的描寫，就是藏族人民懷著童稚之情，對自己遠古社會，亦即童年時代充滿了神話般的遐想。

藏族古代文明的百科全書

到了 11 世紀前後，隨著佛教在藏族地區的復興，藏族僧侶開始參與《格薩爾王傳》的編纂、收藏和傳播。使這本史詩被收集成型起來，並出現了最早的手抄本。手抄本的編纂者、收藏者和傳播者，主要是寧瑪派的僧侶。

但是在手抄本出現之前，《格薩爾王傳》都是透過口耳相傳的模式流傳下來的，早在《格薩爾王傳》史詩在產生之前，在藏族民間，就已經流傳著格薩爾或類似格薩爾的英雄故事和歌謠。在漫長時期內，藏族民間藝人口耳相傳，不斷豐富史詩的情節和語言。

而且，《格薩爾王傳》的主要流傳方式也是靠民間藝人們到處吟誦，世代口耳相傳。許多名不見經傳，處在社會最底層的說唱藝人，對史詩的傳播、保存和發展，做出了不可磨滅的貢獻。

說唱藝人走遍雪山草地，或到高僧的法會場，或到牧民的帳篷邊，或到農戶的木門前，或到節日的歡聚處，向群眾說唱《格薩爾王傳》，為廣大聽眾帶去美的享受。

《格薩爾王傳》從文體、形式和內容等方面區分，《格薩爾王傳》可以分為三類：一是卡仲。「卡」是藏語「嘴」的意思，「仲」指《格薩爾王傳》故事，「卡仲」就是「從嘴裡講出來的《格薩爾王傳》故事」。這是《格薩爾王傳》故事最主要的流傳形式。

二是傑仲，是指經過文人加工整理過的格薩爾故事，即手抄本和木刻本。

三是曲仲，是指有佛法內容的《格薩爾王傳》故事。

這三種傳承形式互相影響。到 12 世紀初葉，《格薩爾王傳》日臻成熟和完善。

《格薩爾王傳》不是一篇平靜而循序地記述事件過程的故事，而是一首充滿著感情的富有詩意的抒情兼敘事的史詩。

詩篇用各種手法進行描寫，有驚心動魄的戰爭場景，也有纏綿悱惻的愛情插曲；有為國捐軀的壯烈情懷，也有失去親人的悲痛哀泣；有奇異優美的神話，也有妙趣橫生的故事，可以說是文學創作的集大成者。

《格薩爾王傳》詩中常用非常豐富的比喻手法和生動的形象思維，以物狀人，形象鮮明，活潑多姿；以物喻理、深入淺出、通俗易懂。比如，高如山，綠如海。雪山之獅，林中之虎，美如森林，快如駿馬等例子，形象而深刻的比喻來表達其內涵。

在「霍嶺大戰」中有「面如十五的月亮，眼如滿天的星星，權如遼闊的天空，身如巍峨的高山」等例子。如格薩爾王誇讚珠牡的一段歌詞：

珠牡妃子聽我說，百個里挑不出你這個好姑娘。你緋紅雙頰比彩虹豔，口中出氣賽過百花香。

你右髮往右梳，好像白胸鷹展翅膀，你左髮向左梳，好像紫雌鳥在翱翔。你前髮向前梳，好像金翎孔雀把頭點。你後髮向後梳，好像白梵天神在寶殿上。

你站起來像一裸小松樹，你坐下好像白帳篷。你的美麗啊，真是藏地少有世界也無雙。

這段歌詞，把珠牡從頭到腳，從不同的角度，用不同的比喻描述，使珠牡美的形象更加突出完美。

《格薩爾王傳》的語言具有繪畫美。作者善於運用富有色彩的語言，將故事情節和人物關係形象生動地描繪出來。如在「霍嶺大戰」中：

龍飛鳳舞的寶地，傳來悠揚鳥叫聲，

天然建宮的處所，白靈歡歌的地方。

從上面幾句很普通的環境描寫中，可以為人們眼前展現出一幅鳥語花香，山川秀麗的天然美景。

另外，運用語言音韻的結合變化和詩文的不同形式結構等手法，以使詩文優美動聽的寫作方法，如運用疊字、疊詞、疊句的格式，緊緊與迴環反覆的多段體詩歌相配合，使詩歌的音調韻律錯落起伏，相互迴環，和諧多變，鏗鏘有力，平添無限音樂美感。

《格薩爾王傳》的情節豐富多彩，曲折複雜，如在「賽馬」中心事件，插入了許多情景，猶如一棵繁茂的大樹，有主幹，有枝葉；在「降魔」中以格薩爾和魔王魯贊的矛盾衝突貫通情節的始終，好像一條幾經曲折的江河；在「地獄救妻」中以格薩爾地獄救妻為主要線索，著重表現十八層地獄的慘狀等。

總體而言，這部史詩在情節藝術上做到了統一而豐富，粗獷與細緻並存，神奇與平淡相結合，使我們體會到全書情節產生的整體美，流動美，節奏美。

史詩的整體結構比較明顯，由格薩爾的下凡、投胎人間作為開篇，以他完成下凡使命、到地獄救出母親和妻子及眾生後返回天界為結局。

中間的征戰部分占「史詩的絕大部分，幾乎每一部即是一場戰爭」。開篇、結尾兩部分有關史詩主角的來龍去脈。

在史詩裡，各獨立章節的結構類似，各故事線索的展開過程也是大同小異。幾乎每一部即是一場戰爭。這些戰爭也無例外地遵循主線展開，消滅妖魔、剷除邪惡之後，立賢明君主治國並從屬於嶺國，取戰敗國財寶或分於百姓、或運回國。經過無數次戰爭，取得天下太平。

作為史詩，《格薩爾王傳》以其雄渾磅礡的氣勢，透過對幾十個邦國部落之間戰爭有聲有色的敘述，表現手法起伏曲折，跌宕有致，反映了 6 世紀至 9 世紀以及 11 世紀前後，藏族地區的一些重大歷史事件，表達了藏族人民厭惡分裂動盪、渴望和平統一的美好理想，這是史詩現實性的正向方面。

另外，《格薩爾王傳》對人物的塑造也是極為成功的，其中塑造了數以百計的人物形象。其中無論是正面的英雄，還是反面的暴君，無論是男子還是婦女，無論是老人，還是青年，都刻劃得個性鮮明，形象突出，讓人留下了不可磨滅的印象。

尤其是對以格薩爾為首的眾英雄形象描寫得最為出色，從而成為藏族文學史上不朽的典型。

格薩爾這個典型人物的塑造是成功的。史詩透過對格薩爾及其他英雄人物的歌頌，反映了廣大藏族人民反對分裂，反對部落之間的混戰，渴望有一位賢明的君王來治理國家，建立一個理想的統一的王國的願望。

《格薩爾王傳》除了把格薩爾塑造得英武神奇、天下無雙之外，還塑造了一個美麗、堅貞、能幹、智慧的藏族婦女形象珠牡。

《格薩爾王傳》對總管王叉根老英雄的描繪，也十分感人。他深謀遠慮、洞察真偽、胸懷廣闊、顧全大局、忠心為國的崇高形象，透過一件一件的具體情節，令讀者由衷敬佩。

其他英雄還有衝鋒陷陣、所向披靡、赤膽忠心、公正無私的賈察；智勇雙全、百戰百勝、使敵人聞風喪膽的丹瑪；敢於衝殺、視死如歸的昂瓊等，在史詩中都描繪得栩栩如生，讓讀者留下了難忘的印象。

《格薩爾王傳》對反面人物，也刻劃得入木三分，使其凶相畢露，令人覺得可恨可惡。如晁同對內傲慢狂妄、對敵卑躬屈膝的叛徒嘴臉；霍爾黃帳王的貪婪、殘暴、愚蠢、膽怯的醜惡本性，都寫得淋漓盡致，鞭撻了他們骯髒的靈魂。

《格薩爾王傳》作為一部描寫古代戰爭的民間文學，對英雄人物、戰爭器具等極盡渲染，著力描寫，淋漓酣暢，懾人心魄。

下面是描寫格薩爾凜然風度的一段文字：

權威顯赫格薩爾，勝域至尊如意寶，
眉掛松石泛清輝，目點珊瑚閃珠光，
一口潔齒羅玉貝，頸肌疊層顯神力，
舌鐫阿字結吉祥，慧音渾鐘如誦經，
絲絲烏髮亮閃閃，戰神好似火焰騰，
戰袍迎風獵獵展，鎧甲泛銀著雪霜，
盔插勝幢指雲霄，纓絲縷縷耀金光，
複插戰神生命結，炯炯目光逼三界，
羊角彎弓身上挎，魂靈之箭插成扇，
上等箭有九十支，勾魂攝魄箭九支，
神靈差遣箭九支，一把寶劍世無雙，
鼇魚對眼嬉劍鞘，五種寶石巧裝飾，
六褶白藤作盾牌，更有一把開山斧，
劈山開道若等閒，黃金鑲邊護心鏡，
帶扣一勒穿金剛，腳蹬一雙長腰靴，
九層堆華堪錦繡。

格薩爾的這番裝束，他的凜然之氣，令人望而卻步，讓敵失魂落魄，也讓讀者領略到格薩爾力拔山、氣蓋世的英雄氣概。

《格薩爾王傳》源於社會生活，又有著極為豐厚的藏族古代文學，特別是古代民間文學的堅實基礎，在史詩《格薩爾王傳》產生之前，藏族的文學品類，特別是民間文學品類，諸如神話、傳說、故事、詩歌等已經齊全，且內容豐富，數量繁多。

因此，《格薩爾王傳》無論是在作品主體、創作方面，作品素材，表現手法等方面，還是在思想內容、意識形態、宗教信仰、風俗習慣等方面，都從以前的民間文學作品中汲取了充分的營養，繼承了優秀的傳統，這種特色的文化形態決定了它的文學特點，使它具有獨特的風采，表現出神奇瑰麗之美。

到了 13 世紀後，隨著佛教傳入蒙古族地區，大量藏文經典和文學作品被翻譯成蒙古文，《格薩爾王傳》也逐漸流傳到蒙古族各個地區，成為自成體系的蒙古《格薩爾王傳》，或稱《格斯爾王傳》。

在 14 世紀後期，即元末明初，《格薩爾王傳》更大範圍地被傳播，流傳在中國更廣泛地區。

此外，這部史詩還流傳到國外。其中的個別章節被譯成英、德、法、俄等多種文字在世界各地流傳。

這種跨文化傳播的影響力是異常罕見的。由此可見《格薩爾王傳》在世界民間文化中獨占鰲頭，在廣大人民中有很深的影響。

世界上眾多民族都有史詩，隨著時間的推移，大多數史詩都自生自滅了，僅有少數史詩以文字形式記錄下來，並成為人類共同的瑰寶。

與世界上一些著名的史詩，如古希臘的《荷馬史詩》、印度的《羅摩衍那》和《摩訶婆羅多》相比，《格薩爾王傳》是一部活形態的史詩。

史詩一直活在百姓之中，在青藏高原廣泛流傳。被稱之為奇人的優秀民間說唱藝人，以不同的風格從遙遠的古代吟唱至後世萬代。

在長期的傳承過程中，經過廣大百姓，尤其是才華出眾的民間說唱藝人的再創造，《格薩爾王傳》故事發生了很大的演進，史詩的內涵和外延不斷擴展，故事情節和人物性格更加豐富和生動，出現了很多異文本。

各個民間藝人說唱的《格薩爾王傳》，主要內容和基本情節雖然大體相同，但在具體內容、具體情節和細節上又各有特點，自成體系。

《格薩爾王傳》是世界上最長的一部史詩，僅從字數來看，遠遠超過了世界幾大著名史詩的總和。

《格薩爾王傳》是古代文明的一部大百科全書。它產生於長江黃河源頭，這裡是東亞、中亞、南亞文明的結合點，是各種文明交會之地。

因此它既保持了高山文明的原始性特徵，又滲透著中原文明、西域文明、蒙藏文明、印度文明的多重因素。它豐富多彩的內容，不僅是唐卡、藏戲、彈唱等傳統民間藝術創作的靈感源泉，同時也是現代藝術形式的源頭活水。

《格薩爾王傳》史詩演唱具有表達民族情感、促進社會互動、秉持傳統信仰的作用，也具有強化民族認同、價值觀念和影響民間審美取向的功能。

多少年來，《格薩爾王傳》史詩藝人一直擔任著講述歷史、傳達知識、規範行為、維護社區、調節生活的角色，以史詩滋和教育民族成員。

《格薩爾王傳》是世界史詩中演唱篇幅最長的，它既是族群文化多樣性的熔爐，又是多民族民間文化可持續發展的見證。

《格薩爾王傳》不但是一部名聞世界的偉大文學巨著，而且也是研究藏族社會歷史、宗教信仰、風俗習慣以及語言等各方面的寶貴文獻。

《格薩爾王傳》是在藏族古代神話、傳說、詩歌、諺語等民間文學的豐厚基礎上產生和發展起來的。它對於古代藏族部落聯盟社會生活的各個方面，如人民的經濟生活、生產活動、意識形態、理想願望、道德風尚、宗教信仰、風俗習慣等，都做了生動而真實的、充滿詩情畫意的描繪。

而且，這部史詩從生成、基本定型到不斷演進，包含了藏民族文化的全部原始核心，在不斷地演進中又融合了不同時代藏民族關於歷史、社會、自然、科學、宗教、道德、風俗、文化、藝術的全部知識，具有很高的學術價值、美學價值和欣賞價值。

因此，《格薩爾王傳》被國內外專家學者公認為是反映藏族歷史、社會、文化、民俗、軍事、宗教、道德倫理、價值觀念等方面的百科全書。為研究古代藏族社會、文化等，提供了豐富的資料。

【旁注】

手抄本：印刷術未發明前，手抄本是主流的文化傳播方式。在古代，印刷術出現後，印刷出版的書仍是少數。大量的個人作品，是用手抄的形式留存的。文房四寶是每個文人書房裡必備的書寫工具，書法也是士大夫的必備素養之一。古代古典典籍按照書寫、還是印刷而成，區分為「抄本」和「刻本」兩種。

說唱藝人：以口頭說唱為生的人。在眾多的說唱藝人中，那些能說唱多部的優秀藝人往往稱自己是「神授藝人」，就是他們所說唱的故事是神賜予的。「神授說唱藝人」多自稱在童年時做過夢，之後生病，並在夢中曾得到神的旨意，病中或病癒後又經喇嘛念經祈禱，得以打開說唱的智門，從此便會說唱了。

下凡：中國傳統神話的一種用詞，主要是描述位於天庭上的神仙，來到人間的一種行為。在古代神話中，有天庭和人間之分。神仙有時會為了完成某種使命前往人間，但是私自下凡是不被允許的，而且按照天庭法令是重罪。

神話：民間文學的一種。遠古時代人民的集體口頭創作。包括神鬼的故事和神鬼化的英雄傳說。其產生表現了古代人民對自然力的鬥爭和對理想的追求，對後世的文學藝術有深遠的影響。

蒙古文：是中國蒙古族通用的一種拼音文字。是在回鶻字母基礎上形成的。早期的蒙古文字母讀音、拼寫規則、行款都跟回鶻文相似，稱作回鶻式蒙古文。

【閱讀連結】

說唱《格薩爾王傳》的行吟藝人在當地被稱為「仲肯」，以出沒在藏北及藏東地區最多。他們僅僅以說唱《格薩爾王傳》為生，每逢傳統節日、體育賽事、牧場閒暇及婚喪嫁娶等重大日子裡，便走鄉串戶為牧民們說唱《格薩爾王傳》。

所以格薩爾王對藏民族，特別是牧區的老百姓內在精神氣質的影響十分深刻。尤其反映在藏族人尚武重諾的英雄主義氣質。特別是在藏北牧區如安多，康區一帶，好騎射遊獵、競技角鬥、佩刀、纏英雄結等民風，無不是格薩爾王的強悍遺風。

蒙古文化的傳世珍寶：江格爾

《江格爾》是明代的蒙古族衛拉特部英雄史詩，被譽為中國少數民族三大史詩之一。這部史詩是以英雄江格爾命名的，同時，他也是《江格爾》的主角。

《江格爾》長期在民間口頭流傳，經過歷代百姓，尤其是演唱《江格爾》的民間藝人，對《江格爾》的不斷加工、豐富，篇幅逐漸增多，內容逐漸豐富，到15世紀才逐漸完善定型。

《江格爾》以其豐富的社會、歷史、文化內容，藝術上所達到的高度成就，在蒙古族文學史、社會發展史、思想史、文化史上都占有重要地位。《江格爾》是蒙古民族文化的瑰寶。

爲理想天堂寶木巴而戰鬥

那是在中國蒙古地區還不發達的氏族社會末期，因為受自然界的制約，蒙古游牧民族的經濟結構比較簡單，發展性很強，往往不能滿足人們生存的需求。社會經濟不發達，文明程度當然也不高。

他們面對嚴酷無情的社會和自然環境，深深懂得了適者生存的自然法則。一個氏族或部落要生存發展壯大，就要在生存競爭中不斷地迎接強大對手的挑戰，努力制伏、戰勝對手。

他們在軍事上的卓越能力和組織，又往往會給他們最後的勝利。因此，游牧民族形成了英勇尚武的性格，這是由他們生存的社會條件決定的。

游牧文化的這種善於拚搏、志在必勝的精神培育了蒙古人強悍、勇敢的民族性格。而這種民族性格不僅對蒙古族的歷史發展發揮了決定性的作用，對文學體裁和文學思想的形成和發展同樣發揮制約作用。

由於蒙古族長期以來的游牧生活，自然災害和異族的壓迫，常使他們的生命財產得不到可靠的保障，社會局面動盪不安，牲畜日益減少，廣大人民迫切盼望和平與安定。

因此，人們想像了一個夢想中的天堂寶木巴國，並想像出了一位英明的統治自己的人，這個人便是江格爾。

在人們的想像中，寶木巴國四季如春，百花爛漫，牛羊遍山。這裡沒有邪惡，沒有戰爭，沒有疾病，沒有飢餓。這裡的人們青春永駐，過著豐衣足食，相親相愛的和平生活。

在蒙古語中，「寶木巴」有聖地、仙境、福地的意思。人們懷著無比熱愛和驕傲的心情，對寶木巴反覆詠唱讚美：

寶木巴的人民青春常在，
沒有衰老，沒有死亡，
像二十五歲的青年那樣，
生龍活虎，永遠健壯。
這裡沒有鰥寡孤獨，人丁興旺；
這裡沒有嚴寒酷暑，四季如春，
百花爛漫，百草芬芳。
孤獨的人到了那裡，人丁興旺；

貧窮的人到了那裡，富庶隆昌。
那裡沒有騷亂，永遠安寧，
有永恆的幸福，有不盡的生命。

這裡不僅是個富庶的安寧的邦國，而且也是一個明媚的、美麗的、歡樂的世界。人們對他還描述道：

早晨，從東方升起紅豔豔的太陽，
翡翠般的嫩草上露珠晶瑩，
草原像波光閃閃的綠色海洋。
中午，金色的太陽光輝燦爛，
禾苗肥美，茁壯成長。
寶雨刷刷下降，
雨後太陽又露出笑臉，清風吹盪。
這裡居住著五百萬人民，
人們相親相愛，彼此不分。
在主人的洪福照耀下，
吉祥如意，欣欣向榮。

這幅世外桃源，便是長期以來牧民們所嚮往的理想社會，他們盼望有一天能過上安居樂業的生活。在人們的想像中，江格爾是寶木巴的賢明的統治者，他以自己寬大的翅膀庇護著他的子民，他是草原上的雄鷹和理想的國君。人們這樣描寫他：

在東方的七個國家，

江格爾是人民的夢想；

在西方的十二個國家，

江格爾是人民的希望。

江格爾的名字，在蒙古語中，有「主人」或「強者」的意思。江格爾是塔海兆拉可汗的後裔，唐蘇克．寶木巴可汗的孫子，烏瓊．阿拉達爾可汗的獨生子。

江格爾手下有 6,000 多名勇士，12 員大將，像群星拱月一樣，圍繞在他的周圍，他捍衛寶木巴這塊樂土，不讓敵人侵犯。

同時，江格爾以攻為守，派薩納拉遠征胡德里．扎嘎爾國，派薩布林降伏了暴君赫拉幹，派洪古爾追捕竊馬強盜阿里亞．芒古里，派美男子明彥偷襲托爾滸國，活捉暴君昆莫。

江格爾自己在戰鬥中英勇無畏，降伏了千里眼阿拉譚策吉和勇猛的薩納拉，使他們成為自己得力的助手。在與魔王芒乃的戰鬥中，他的部將都敗下陣來。他高呼寶木巴戰鬥的口號，挺槍躍馬衝上前去，一槍刺中芒乃，把他挑在槍尖上，高高地舉在空中。

江格爾還擊潰了暴君西拉．胡魯庫，並使魔王黑那斯全軍覆沒。在草原上，江格爾成為了一個無堅不摧的英雄。

其次，江格爾熱愛自己的部下，和他們建立了親密的友誼。他把洪古爾當作自己的親兄弟，不顧個人的安危到地獄去救他，江格爾心目中只有一個信念：

> 洪古爾是我最親密的弟兄，比結髮妻子還要親近，比我的獨生子更為寶貴，他的生命就是我的生命。

江格爾為救難友洪古爾，他走進地洞，通過一條狹窄的地道，來到第七層地獄。他在這裡看到兩座高山，一個兒童腋下夾著兩座山，正在玩耍。

江格爾心想地下世界，竟有這般力氣大的兒童。江格爾向他詢問洪古爾的下落。

小孩說洪古爾正在受苦，他每天都要遭受魔鬼鞭打 8,000 下皮鞭。由小孩帶路，他們走進了一個潔白大氈房，江格爾殺死了一個女魔和她的 8 個禿頭兒。

經過一座紅大門，便來到波濤洶湧的紅海濱。有 8,000 個惡魔在這裡看守洪古爾，江格爾和惡魔酣戰了 6 天，殺得妖精只剩下 400 個。

江格爾在去地獄救洪古爾的時候，還碰到了一個可怕的女妖。這女妖長得又細又瘦，專門吃肉，被江格爾的陰陽寶劍劈為兩股，上身騰空不見，下身鑽進地底，仍可復原。

江格爾追到地底，發現女妖正對 7 個禿兒說：「地上寶木巴的希望江格爾來了！他來尋找洪古爾。江格爾來到時，趁著洪古爾還在海底，你們打碎他的牙齒，拔掉他的舌頭，讓江格爾成為寶木巴的夢幻！」

江格爾乘其不備，突然對他們說：「你們黑夜的夢，你們白天的希望，江格爾，我來了！」

說罷便將 7 個迎面而來的禿兒通通擊斃。江格爾還要繼續尋找，是否還有什麼隱藏的敵人。不料，忽聽一個才 3 個月的嬰兒從搖籃裡發出了聲音：「昨天你打死了我的母親，今天你打死了我的兄長……」

說著，那個嬰兒便跳起來與江格爾打作一團。這個小妖的本事遠遠超過他的母親與哥哥們。雙方搏鬥了 24 天，不分勝負。江格爾的寶劍本來削鐵如泥，可是一碰小妖，就似碰到了石頭。小妖很自信地告訴江格爾，不到 3 個月，江格爾就會永遠成為凋零的寶木巴的夢幻。

他們兩人繼續廝打，江格爾極力想找到小妖致命的地方。他忽然發現小妖胸口上有個針眼大的亮光，便迅猛地用鋼刀刺向那亮點，果真搜出了小妖的心臟。那顆心燃起三股烈火，包圍了江格爾。江格爾祈求神靈和祖先降雨滅火，才免去了災禍。

正是由於江格爾的以身作則的英雄行為，愛護部下，他把 6,000 多名勇士團結得像一個人一樣。他們願為捍衛寶木巴，為江格爾而犧牲自己的生命。他們向江格爾莊嚴宣誓說：

我們把生命交給短劍長槍，
把赤心獻給寶木巴天堂。
我們對勇士的功績衷心敬重，
對魔王的罪惡萬分憎恨。
我們從不嫉妒別人，也不自誇，
忠心耿耿，絕不背叛，更不貪婪。
我們袒露胸膛，把心獻上，
為著寶木巴甘願讓鮮血流光。
我們不怕高山峻嶺，
戰馬一定越過它的頂峰。
我們不怕魔王強悍凶狠，

同心協力，一定把他消滅淨。

我們活著無比勇敢善良，

心地寬宏，潛藏著無窮的力量，

六千又十二個夥伴親密無間，

就像一個人一樣。

在人們的想像中，寶木巴的繁榮富庶和團結友愛正是眾勇士和部落人民，經過艱苦卓絕的鬥爭而發展鞏固起來的。這種為了家鄉草原而誓死抗戰不怕犧牲的鬥爭精神，是蒙古族的寶貴精神財富。

【旁注】

游牧民族：中國北方游牧民為了適應高寒乾旱的氣候條件，終年實施嚴格的集體游動放牧的畜牧業經營方式，這種生產生活方式基於保護稀缺的水資源和可持續輪換使用不同的草場形成的人類智慧和文明。游牧民族指的是以游牧為主要生產生活方式的民族。

可汗：又稱大汗，或簡稱為汗，原意為王朝、神靈和上天，阿勒泰語系民族對首領的尊稱，最早出現於 3 世紀鮮卑部落，記載於《宋書》，類似於漢字的天子。最初，這個稱呼是部落裡部眾對首領的尊稱。

結髮妻子：男行冠禮，就是把頭髮盤成髮髻，謂之「結髮」男女到了成人的年齡，按古代的說法也就是指他們可以結婚成家了。古人在進行冠禮和笄禮的時候，是非常莊重嚴肅的事情。有「結髮妻」這個詞，意思指原配妻子。結髮又含有成婚的意思，成婚之夕，男左女右共髻束髮，故稱結髮妻子。

【閱讀連結】

江格爾找到洪古爾時，洪古爾已經死去了，江格爾是用神樹葉子救活了他。

在江格爾去尋找洪古爾的過程中發現了一棵神樹，他從上邊摘下了 20 片神樹葉，繼續尋找洪古爾。他來到了紅海的海濱，這時，洪古爾早已死去，他的屍骨變成了一堆綠草飄來，江格爾把綠草拉上岸，把洪古爾的屍骨依次排好，又把嚼碎了的神樹葉吹到白骨上，白骨便慢慢地長出了肌肉。

江格爾再將綠葉吹到肌肉上，就變成了酣睡的洪古爾。又放進一片樹葉在洪古爾的嘴裡，他甦醒了，大聲呼喚著江格爾。兩位英雄熱烈地擁抱在一起，崇高的友誼戰勝了一切邪惡！

融入戰鬥精神的英雄史詩

到了 1360 年代左右，人們想像的江格爾故事，首先在衛拉特蒙古族的土爾扈特部流傳了起來，演唱江格爾故事的民間藝人，蒙古族語稱作「江格爾奇」。

江格爾奇也同樣產生在衛拉特蒙古族人中，江格爾的故事在江格爾奇中間以用口授心傳的方式，世代傳承，並將這部史詩取名為《江格爾》。

據傳說，在 17 世紀初，新疆土爾扈特部，有一位江格爾奇叫作「土爾巴雅爾」。

他從小練習演唱《江格爾》，每學會一部長詩，就往懷裡放進一塊石頭，久而久之，他演唱《江格爾》的本領達到了超凡脫俗的境地，成為一位著名的江格爾奇，此時他懷裡的石頭也達到了 70 塊。

有一位王爺聽了他的演唱後很高興，賜予他「達蘭．脫卜赤」稱號，意思是會演唱《江格爾》70 部長詩的史詩囊。

據說，後來清代乾隆皇帝得知他的事蹟，在西元 1771 年正式追封土爾巴雅爾為「達蘭．脫卜赤」。

江格爾奇有業餘的、職業的、世家的和御前的幾類。演唱《江格爾》時，一部分江格爾奇會用一種叫作陶布舒爾的三弦彈奏樂器來伴奏，而另一些江格爾奇則不會彈唱。

江格爾奇都是一些民間表演藝術家，不管他們是彈唱還是清唱，都能以極度誇張的臉部表情、富於變化的身體姿勢、意想不到的手勢、高低交替的聲音、快慢不同的語速、優美的詩歌、幽默的語言還有那令人陶醉的故事來緊緊抓住人們的注意力。

江格爾奇們熱愛《江格爾》，到處演唱《江格爾》：在路途上，藉以解除疲勞。在蒙古包裡，帶給人們娛樂；在儀式上，用以驅除邪惡。

他們甚至在戰場上、囚室裡演唱《江格爾》，以激勵自己和周圍的人們積極地投入到正義的鬥爭中。

由於，衛拉特蒙古族經歷了蒙古族統一的輝煌時期，所以衛拉特蒙古族的人們將自己所經歷的諸多戰爭融入到了史詩《江格爾》中。

關於征戰的部分，主要描寫的是以江格爾為首的英雄們降妖伏魔，痛殲掠奪者，保衛家鄉寶木巴的輝煌功績。

如征服殘暴的西拉·古爾古汗之部，還有戰勝殘暴的芒乃汗之部。

征服殘暴的西拉·古爾古汗之部講述的是，主角江格爾遠走他方以後，曾經在他麾下的 35 勇士紛紛出走後。暴戾成性、險惡凶殘的西拉·古爾古汗便大舉進犯寶木巴。雄獅洪古爾隻身迎敵，最後不幸被擒。西拉·古爾古汗派人將洪古爾拖進幽深的地洞，投入血海，讓他受盡折磨。寶木巴遭到空前的浩劫，百姓們統統被驅趕到草木不生的沙原。

此時的江格爾正漫遊天下，在青山南面的一座宮殿裡，遇到一位天仙似的女子。他倆結成親密的伴侶，生下一個男孩，取名少布西古爾。

過了 3 天，這孩子便騎著江格爾的阿蘭扎爾駿馬上山打獵去了。

有一次打獵時，他遇上阿拉譚策吉，老英雄讓他把一支箭帶去交給江格爾。江格爾看到這支箭，想起昔日的榮譽，非常思念家鄉，立即返回寶木巴。

可是，故鄉白骨成堆，滿目荒涼。他好不容易才找到一個老人，探聽到洪古爾的下落。卻得知洪古爾已經被投入了地洞的血海之中。

於是江格爾毅然走進地洞，到7層地獄的血海裡去尋找洪古爾。

那時，江格爾的兒子少布西古爾隨後也來到了寶木巴。他召集眾勇士共同對敵，除掉了萬惡的西拉・古爾古汗，解救了水深火熱中的百姓。

江格爾衝進魔窟，把惡魔斬盡殺絕，取回洪古爾的遺骨，用神樹的葉子救活了洪古爾。江格爾和洪古爾回去跟眾人一道重建家園，寶木巴地方又像從前一樣繁榮富強。

在這個故事中，也表現出蒙古族人團結一致的精神，和對自己家鄉的熱愛之情。在戰勝殘暴的芒乃汗之部的故事中則表達了蒙古族人誓死不屈的頑強精神。

在這個故事中，芒乃汗派使者向江格爾提出五項屈辱性的條件，揚言如不應允便率領大軍進攻江格爾所在的寶木巴。

江格爾的左賢王洪古爾挺身而出，發誓寧可在清泉邊灑熱血，在荒野裡拋白骨，也不去做奴隸。

洪古爾單人匹馬衝入敵陣，奪了敵方的戰旗，殺死無數敵人。但因寡不敵眾，洪古爾身負重傷。這時江格爾帶領眾將趕來助陣。薩納拉、薩布林受傷後，江格爾出馬和芒乃汗激戰。

江格爾一槍將芒乃汗挑起來，剛舉到空中時槍突然斷了。洪古爾連忙跳上去和芒乃汗肉搏，其他英雄也趕上前來，大家一起斬除了這個頑敵。

正是因為蒙古民族的戰鬥精神，使戰爭故事在《江格爾》中占了很大一部分。在史詩中，江格爾和他的勇士們靠戰爭戰勝敵人保衛寶木巴國的同時，也透過戰爭將聲譽宣揚四海。

沒有戰爭的時候，勇士們說：

哪裡才是我們大家，
鬆開韁繩賽跑的地方？
什麼時候才能碰上，
比試刀槍好壞的機會？
什麼時候才能遇見，
解悶的年輕對手？

在戰鬥中，他們不顧個人性命與敵人奮戰，爭取最後的勝利。寶木巴國的英雄們飲酒狂歡的時候，也嚮往著戰鬥，詩中這樣描寫：

那六千又十二名英雄，
開懷暢飲阿爾扎美酒。

不一會酒性發作，
兩頰變得通紅，
心突突地跳了起來，
膽量也驀地壯了起來。
人人瞪著鷹隼般的大眼，
個個翻著頑雕般的凶睛，
一邊廝鬧一邊嚷道：
何時再去合圍打獵？
何時再和敵人相遇？

還有這樣寫道：

飲酒過量的勇士們，
相互撕拽紛紛議論，
說你在那場戰爭中當過好漢，
說我在那場惡鬥中成了英雄。

勇士一生下來就跟戰爭結下不解之緣，如「凶惡的瑪拉哈布哈」一章裡，江格爾派洪古爾等 4 個英雄去下界討伐瑪拉哈布哈，四英雄被俘。阿拉譚策吉預言，只有洪古爾夫人肚子裡的孩子，出生後才能救出 4 個英雄。這個孩子出世後第七天對江格爾說：

一個男子漢閒待三個月，
就會變成家裡的累贅。
一個兒馬閒待三年，
就會變成馬群的累贅。
一個可汗使用的兵刃，
閒放在家裡三年不用，
就會生銹變成廢銅爛鐵，
求求你快把我放走吧！

這個孩子來到瑪拉哈布哈的國土，救出包括他父親在內的 4 個英雄，與他們並肩作戰，戰勝瑪拉哈布哈。

勇士們在戰場上一點都不顧及個人的安危，對他們來說榮譽比什麼都重要。為了維護自己的榮譽，為了證實對江格爾與寶木巴國的忠誠，勇士們寧願獻出自己的生命。對他們來說死亡算不了什麼，為寶木巴國和江格爾的安全而死，是無比光榮的事。

勇士們把榮譽放在生與死的境界上去加以感受，不論勝負，只要戰死在沙場上就是英雄好漢。這種價值觀和生命觀生動地反映在《江格爾》裡。

【旁注】

王爺：中國古代的一個爵位。「王」在秦代以前是對諸侯和周天子的稱呼，在秦始皇統一天下之後，王就成為了一個爵位。王爺不一定是王公貴族出身，對國家和民族有貢獻的平民，也會被授予王爺的稱號。

陶布舒爾：又作托甫秀爾，也有叫「二弦」的，是蒙古族、滿族彈撥弦鳴樂器。蒙古語衛拉特方言「托甫秀爾」意為敲的東西。形制與阿肯東布拉近似。用於獨奏、民歌和民間舞蹈伴奏，深受人們喜愛。

蒙古包：「包」是「家、屋」的意思。蒙古等民族傳統的住房，古稱「穹廬」，又稱「氈帳」、「帳幕」、「氈包」等。蒙古族語稱「格兒」。游牧民族為適應游牧生活而創造的這種居所，易於拆裝，便於游牧。自匈奴時代起就已出現，一直沿用。

戰旗：代表軍隊的旗幟。戰旗是軍人榮譽、英勇和光榮的象徵，它提醒軍人牢記自己的神聖義務，英勇善戰，不惜自己的鮮血和生命保衛國家的尊嚴。另外，戰旗還發揮一個嚮導作用，戰旗走到哪裡，戰士就走到哪裡，戰旗被奪象徵戰敗。

【閱讀連結】

在長篇英雄史詩《江格爾》形成以前，在西部衛拉特地區曾有過許多英雄史詩「陶兀里」及其演唱藝人「陶兀里奇」。

在新疆一帶衛拉特人中，在原有英雄史詩演唱傳統的基礎上形成了長篇英雄史詩《江格爾》，原有的英雄史詩逐漸讓位於這部巨型史詩，有的則演變為《江格爾》的組成部分。

《江格爾》成為民間史詩演唱的主體內容後，江格爾奇在演唱《江格爾》的同時，往往也演唱其他英雄史詩。於是，過去的陶兀里奇便退出了歷史舞臺。以致於人們把其他英雄史詩的表演也歸之為《江格爾》演唱。

飽含英雄情懷的傳奇故事

衛拉特蒙古是居住在阿爾泰山周圍的蒙古族。衛拉特是森林部落的意思，也可譯作「林木中的百姓」。

在 17 世紀初，新疆的衛拉特蒙古族部落之一，準噶爾部日漸強大，並想兼併衛拉特蒙古族之一的土爾扈特部。因此，土爾扈特部 20 多萬人，在西元 1630 年左右，從後來的新疆塔城一帶向西遷至歐洲的伏爾加河一帶，並建立了土爾扈特汗國。

後來，因為各種原因，土爾扈特人面臨著亡族滅種的危險，於是，在西元 1771 年 1 月 5 日，渥巴錫率領 17 萬多人，開始了舉世聞名回歸祖國的萬里行程。

經過 8 個月的殘酷戰鬥和艱難跋涉，在西元 1771 年 7 月 15 日，渥巴錫率領的土爾扈特部終於回到祖國懷抱。在路途中，因戰鬥、飢寒、瘟疫而死的達 10 萬人，倖存的僅 7 萬多人。

土爾扈特人能戰勝千難萬險，終於抵達目的地的力量有兩個，一個是對祖國的無比熱愛，另一個就是英雄史詩《江格爾》的鼓舞。

《江格爾》長期在民間口頭流傳，內容逐漸豐富。其中增添了很多表現蒙古族人民重情重義的歌頌的篇章。例如關於江格爾和諸多勇士結義的部分。

在阿拉譚策吉歸順江格爾之部中，講了這樣的故事。當時 5 歲的小英雄江格爾，被大力士西克錫力克俘獲後，西克錫力克發現江格爾是個命運非凡的帥才，怕他日後統治天下，就企圖害死他。可是，西克錫力克的兒子，5 歲的洪古爾用自己的生命保護了他。

接著，西克錫力克派江格爾去搶奪老英雄阿拉譚策吉的馬群。在趕回馬群時，江格爾中箭不省人事。阿蘭扎爾駿馬把他帶回西克錫力克的門前，西克錫力克此時正要出獵，就叫妻子處死江格爾。

洪古爾懇求母親不殺江格爾，並用法術治好了江格爾的箭傷。於是，洪古爾和江格爾便結為最親密的弟兄。西克錫力克多日不歸，他倆出外尋找，發現西克錫力克被扣於阿拉譚策吉的牧場。

老英雄阿拉譚策吉看出洪古爾和江格爾結為一體將無

敵於天下，決心歸順他們。阿拉譚策吉便對西克錫力克說：「江格爾 7 歲時將征服世上的妖魔鬼怪，統轄 40 個可汗的領地，名揚四海，威震八方。到那時，你要讓他娶諾木．特古斯汗之女阿蓋．莎布達拉為妻，把自己的權力交給他。我將當他的右翼首席大將，洪古爾將當他的左翼首席大將。他會治理好家鄉，讓寶木巴興旺發達，繁榮富強！」

後來，江格爾果然征服了世上四方的妖怪，而西克錫力克果然讓江格爾掌握了寶木巴的一切權力。在洪古爾和薩布林的戰鬥之部的故事中，也有關於結義的內容。

史詩中，鐵臂力士薩布林的父母，臨終時叮囑他立即去投奔江格爾可汗，但他聽錯了雙親的遺言，以為讓他去尋找沙爾．莽古斯，薩布林騎著栗色駿馬投奔沙爾．莽古斯的路上，在荒涼的曠野中迷失了方向。

此時江格爾正在宮中舉行酒宴，阿拉譚策吉提醒他應當盡速降伏薩布林。於是，江格爾便率部出發，他一聲令下，8,000 位勇士立刻衝上前去。薩布林掄起很長的月牙斧，把勇士們打得人仰馬翻。

正在這個緊急關頭，洪古爾從沉醉中醒來。他跨上鐵青寶駒趕到疆場，揮舞著陰陽寶劍向薩布林殺去。兩位英雄你砍我殺，互不相讓。最後洪古爾從馬背上提走薩布林，將他扔到江格爾身旁的黃花旗下。

江格爾親自敷藥，治好了薩布林的傷口。薩布林醒過來後，一連三次宣誓：「我把生命交給你高尚的洪古爾，我把力量奉獻給榮耀的江格爾！」

洪古爾也莊嚴宣誓，跟薩布林結為兄弟。回到宮中後，江格爾舉行了盛大的宴會向他們表示祝賀。

忠誠感可以說是英雄史詩的一種道德尺度，表現在人物形象上就是英雄的美德。在人類的「英雄時代」，忠誠感是每個人遵循的道德準則。人與人之間以誠相待、對部落首領要忠誠、對神和自然要忠誠是那時代人的普遍心理。

這種樸素的忠誠感反映在《江格爾》裡，增加了新的含義，那就是對國家和君主的忠誠。所以在《江格爾》中所塑造的勇士們都具有忠誠、堅毅、勇往直前的英雄特質。

在勇士群中，最傑出的代表是洪古爾。他是摔跤王西克錫力克的兒子，與江格爾同齡。他有非凡的臂力，作戰勇猛，被稱作「雄獅洪古爾」、「寶木巴的擎天柱」。人們這樣描寫他：

洪古爾在戰鬥中，

從不知後退，如虎似狼！

洪古爾豁出寶貴的生命，

單人獨馬征服了七十個魔王。

洪古爾肩披著烏黑光亮的頭髮，寬大的臉膛泛著紅光，明亮的眼睛聰明睿智，鷹勾的鼻子顯示著他的堅定倔強。洪古爾的雙肩寬闊「有七十二隻鳳凰的力量」；他的腰圍粗壯「有五十二個魔鬼的力量」。人稱他是「西克錫力克的太陽」。

洪古爾從不知畏懼，哪裡最艱苦，最危險，他便把哪裡的重任承擔。當江格爾答應暴君芒乃提出來的屈辱條件時，他挺身出來反對，表示他要和芒乃決一死戰。他認為死不過是灑一腔鮮血，拋幾根白骨，這有何可懼？可是向敵人屈服洪古爾卻做不到。

洪古爾和魔王的勇士厚和查干從山上戰到山下，從馬上打到馬下，整整酣戰了 49 天，打得煙塵彌漫，天昏地暗。當江格爾的長槍被芒乃折斷時，他顧不得自己身負重傷，從山上奔下，死死抱住了敵人，以便勇士們上來把魔王砍殺。

洪古爾的勇敢和忠誠，博得江格爾的稱讚。江格爾說：

洪古爾，寒冷的時候，

你是我禦寒的皮外套呵！

洪古爾，緊急的時候，
你是我嘹亮的海螺！
洪古爾，戰鬥的時候，
你是我堅固的盔甲！
洪古爾，兵士的時候，
你是我飛快的駿馬！
我要活捉的敵人，
你給我手到擒來呵！
我要降伏的魔鬼，
你給我馬到征服呵！

江格爾十分信賴洪古爾，每當他外出時，便把捍衛寶木巴的重任委託給洪古爾。洪古爾的忠誠和勇敢來源於他對家鄉的熱愛。

洪古爾說：

我和千萬個凡人一樣，
熱愛家鄉，憎恨魔王。
一旦，惡魔搗毀了金宮，
那時，有什麼話可講？
一旦，美麗的寶木已成了屠場，

那時，有什麼話可講？
一旦，我們的兄弟姐妹，
都成為魔鬼的奴隸；
一旦，四種牲畜，
都成為魔鬼的財富；
那時，有什麼話可講？
有什麼話可講？

此外，人們還描寫了千里眼阿拉譚策吉。阿拉譚策吉能未卜先知，能洞察人間的陰謀詭計，決勝於千里之外；勇士薩納拉，他瀟灑英俊，文武雙全，品德高尚；鐵臂騎士薩布林，驍勇強悍，慣使一柄月牙斧，能一手把敵人拎過馬背。還有美男子明彥，他聰明睿智，能見機行事，以巧取勝。他們都是江格爾的忠實部下，寶木巴的英雄。

《江格爾》作為一部長篇英雄史詩，史詩採用浪漫主義手法，透過豐富神奇的想像、驚心動魄的誇張、優美貼切的比喻，成功地塑造了江格爾、洪古爾和薩布林等英雄形象。

除此之外，蒙古族人民的愛情觀也在《江格爾》當中展現了出來。在蒙古族女子心中，能夠嫁給一個勇猛的英雄是一件非常榮耀且幸福的事情。

在《江格爾》中有江格爾及眾英雄娶親的各種經歷，這些故事也展示出他們非凡的本領和高尚的品德。如洪古爾的婚事之部、薩里亨·塔布嘎的婚事之部等。

在洪古爾的婚事之部中講了這樣的故事。在一次宴會上，洪古爾請求江格爾賜給他一個妻子。江格爾親自去扎木巴拉可汗那裡求婚，要為洪古爾聘娶美貌的參丹格日勒。洪古爾去迎親時，參丹格日勒已和大力士圖赫布斯拜了天地。

洪古爾盛怒之下，殺死了他們，然後跨上鐵青馬馳去。飛奔 3 個月後，洪古爾跟寶駒一起昏倒在荒野上，3 隻黃頭天鵝飛來救活了他們。

他們再往前跑 3 個月，大海擋住了去路，海中的鱘魚出來把他們送到了對岸。洪古爾繼續兵士，來到了查干兆拉可汗的宮殿近旁。他十分疲憊，就變為一個禿頭，讓鐵青馬變成一匹禿尾小馬。

江格爾見洪古爾娶親久無音訊，就出外尋找，來到查干兆拉可汗的領土上正巧與洪古爾相遇。原來查干兆拉可汗的女兒哈林吉臘早已愛上洪古爾，正是她變成天鵝、鱘魚拯救了洪古爾。

江格爾為洪古爾聘娶了哈林吉臘公主，一起返回故鄉寶木巴。

在薩里亨·塔布嘎的婚事之部中講了這樣的故事。江格爾在高聳入雲的宮殿裡舉行宴會時，阿拉譚策吉提出，應當請鎮壓四面八方蟒古思的英雄洪古爾來共用歡樂，江格爾便派薩里亨·塔布嘎去請洪古爾。

薩里亨·塔布嘎到了洪古爾的家裡，他向洪古爾說明來意後，薩里亨·塔布嘎表示還要到太陽落下的地方去娶陶爾根·昭勞汗的女兒。出發時，洪古爾和勇士們都為他送行。

薩里亨·塔布嘎跨著駿馬踏上陶爾根·昭勞汗的領土後，首先擊退了向他進攻的大黑種駝和白鼻樑的紅色母駝，接著又戰勝了阿爾海和薩爾海兩位勇士，後來還打死凶悍的勇士道格森·哈爾。

快到陶爾根·昭勞汗的宮殿時，他變成一個禿頭，他的駿馬變成一匹長癩的小駒。

當他來到可汗的宮殿時，只聽見陶爾根·昭勞汗正向各地來求親的英雄好漢宣布，大家都去參加射箭、賽馬、摔跤三種比賽，誰獲得全勝，我就把公主許配給誰。

禿頭要求參加比賽，可汗心裡雖然很不樂意，也不能不讓他參加。開始比賽之前，可汗請卜卦人來算算是誰娶公主。卜卦人占卜後對可汗說，將要娶公主的是個禿頭。

比賽開始了。射箭時，各地的英雄好漢誰也沒射中目標，最後讓禿頭射中了；賽馬時，禿頭騎著長癩的小駒得了第一名；摔跤時，禿頭和天上和地下來的各路有名的摔跤手較量，把他們一個個摔到很遠很遠的地方。

三種比賽都獲勝以後，薩里亨·塔布嘎恢復了自己的原貌。於是，陶爾根·昭勞汗把最小的女兒奧特根·哈爾許配給薩里亨·塔布嘎，為他們舉行了盛大的婚禮。

從游牧文化中傳下來的英雄主義精神，與當時的歷史條件的優越感和榮譽感，成了《江格爾》的精神支柱。當時，整個民族的民族情感、精神狀態、心理特性為《江格爾》主題思想的形成提供了文化土壤，使之成為了一部飽含英雄情懷的史詩。

【旁注】

渥巴錫：土爾扈特部的第七代首領，阿玉奇汗曾孫。西元 1761 年繼汗位。1630 年代土爾扈特族遷徙至伏爾加河流域一帶，後來渥巴錫在西元 1771 年 1 月率領本部 17 萬人東遷，回到其祖先的家園，創造了舉世聞名的民族大遷徙奇蹟，是中國歷史上著名的「東歸民族英雄」。

土爾扈特部：清代厄魯特蒙古四部之一。元臣翁罕後裔。原游牧於塔爾巴哈臺附近的雅爾地區，1630 年代，遂率其所部及部分杜爾伯特部、和碩特部牧民西遷至伏爾加河下游，自成獨立游牧部落，但仍不斷與厄魯特各部聯絡，並多次遣使向清朝政府進表貢。

結義：又稱「結拜」，雅稱「義結金蘭」，俗稱換帖、拜把子等，是非親屬關係的人因感情深厚或有共同目的而相約為兄弟姐妹的一種形式。它源於三國時代的「桃園三結義」，劉備、關羽、張飛三人結為生死與共兄弟的故事，後來演變成一種具有人文色彩的禮儀習俗，是一種特殊的社會人際關係。

摔跤：兩運動員徒手相搏，按一定的規則，以各種技術、技巧和方法摔倒對手，被稱為摔跤。摔跤被公認為是世界上最早的競技體育運動。

長槍：槍是一種在長柄上裝有銳利尖頭的兵械。槍的歷史可以追溯到原始社會，原始的長槍僅僅將木棒頭削尖，漢時的槍與矛形制相似，多以長木杆或竹竿為杆，裝上銳槍槍頭，配以槍纓即製成。不同用途的長槍其長度各不相等，長槍可達 8 公尺多，短槍為 1.3 公尺左右。

人間：在佛教中指人所住之界域，乃六道、五趣、十界之一，又稱人間界、人界、人趣、人道或稱世間。佛教認為，在人間有生、老、病、死、愛別離、怨憎恨、求不得和放不下，共八苦。

占卜：意指用龜殼，銅錢，竹籤，紙牌或星象等手段和徵兆來推斷未來的吉凶禍福的手法。原始民族對於事物的發展缺乏足夠的認知，因而藉由自然界的徵兆來指示行動，占卜的方法便隨之應運而生。

【閱讀連結】

在史詩中，勇士娶妻的條件和他們證明自己英勇無比及當之無愧的方式就是騎馬、摔跤、射箭，這說明蒙古民族自古便有崇尚勇猛、強悍、進取、奮鬥精神的民族審美意識。這種審美觀念的產生、審美情趣的形成絕非偶然。一個民族獨特的心理素養或民族性格，對一個民族特別傾心於某種審美意識是緊密相連的。

《江格爾》及其一系列蒙古族史詩中所反映出的蒙古族，自古就是一個「四季出行逐水草而居」的游牧民族，長期過著游牧生活。

這種長期遷移、游牧和戰爭的特點，決定了馬、弓箭及過人的體力在其生活、戰爭中的重要地位和功能。善騎、射箭，摔跤是蒙古民族生產和生活的需求，在此基礎上蒙古族人民形成了對馬、弓箭、摔跤特別突出的審美意識。

具有獨特藝術魅力的史詩

《江格爾》是在蒙古族古代短篇英雄史詩的基礎上形成的草原文學代表性作品，它繼承、發展了蒙古族古代民間創作的藝術傳統和藝術手法，語言優美精練，想像大膽奇特，擅長誇張、渲染，富於浪漫主義色彩。

《江格爾》還博採蒙古族民間文學中的各種韻文樣式在藝術上的特點、長處，用以增強表現力，達到了蒙古族傳統民間韻文創作的高峰，在蒙古族文學發展史上享有很高的地位。

另外，與世界其他著名的史詩相比，《江格爾》有獨特的篇章結構。許多民族的史詩是以連續的故事情節為主線貫串而組成的，而有的英雄史詩則以英雄人物的活動為主線，《江格爾》就屬於後者。

它的特點是各個章節都有一批共同的英雄人物形象，以此作為連繫構成它的結構。以江格爾汗為首的英雄人物如洪古爾、阿拉譚策吉、古恩拜、薩布林、薩納拉、明彥等人及其英雄事蹟，始終貫串各部長詩，這就使數十部長詩結合成為一個規模宏大的《江格爾》史詩集。

除了少數幾章外，《江格爾》的各部長詩在情節上互不連貫，各自像一部獨立的長詩，並作為一個個組成部分，平行地共存在整個英雄史詩當中。這種結構，中國學界已經習慣於稱作「並列複合型英雄史詩」。

除了這種總體結構外，《江格爾》的各個長詩也有自己的情節結構，它們都由序詩和基本情節兩個部分組成。序詩以靜態手法介紹江格爾及其家鄉、人民和眾勇士，基本情節部分則以動態手法描寫英雄們驚心動魄的功績。

《江格爾》的每一部詩章都以優美的序詩開始，序詩交代江格爾苦難的童年，歷數他在逆境中創造的豐功偉績，讚頌聖主江格爾和天堂般美麗富饒而又幸福太平的寶木巴家鄉，歌頌他那美麗善良的妻子以及勇敢無畏的勇士們。

接著，序詩敘述少年英雄江格爾神話般的事蹟。江格爾在他 2 歲的時候，吃人惡魔蟒古思襲擊了他的家鄉，他成為孤兒。

江格爾 3 歲時，跨上神駒，衝破了三大堡壘。江格爾 7 歲時，打敗了東方的 7 個國家。從此，他的功績光照人間，勇士的美名聞名遐邇。

江格爾的夫人永遠像 16 歲少女的阿蓋．沙布塔拉。她向左看，左頰輝映，照得左邊的海水波光粼粼，海裡的魚歡快地跳躍。她向右看，右頰輝映，照得右邊的海水浪花爭豔，海裡的魚歡快地跳躍。

在介紹和讚美之後，藝人們由序詩轉入正題，敘述勇士們一次次的英雄功績。

《江格爾》作為一部長篇英雄史詩，史詩採用浪漫主義手法，成功地塑造了江格爾、阿拉譚策吉、洪古爾等英雄形象。

在描寫寶木巴汗國的締造者江格爾時，反覆敘述了他苦難的童年與艱苦的戰鬥經歷，把他描寫成一位機智、聰明、威武、能幹，深受群眾擁戴，為寶木巴事業奮鬥不息，頂天立地的英雄人物。

江格爾作為一代開國汗主，是國家的締造者、組織者和領導者，受到眾勇士和人民的衷心擁戴。他成了眾勇士的榜樣、頭腦和靈魂，人民的希望，是寶木巴繁榮昌盛的象徵。

此外，史詩還塑造了勇猛善戰的洪古爾、大力士薩布林、智慧的阿拉譚策吉、外交家美男子明彥、能言善辯的凱古拉乾等英雄形象。這些理想化的正面形象大都是半人半神式的英雄。

他們一方面有著現實生活中的各種稟性特徵，又有著天神的非凡智慧和本領。這些英雄不但具有嫉惡如仇、勇猛善戰、忠於家鄉、忠於人民的共同性格特徵，另外具有一些比較鮮明的個性特徵。

不僅如此，即使那些性格相近的人物也各有特點。例如，洪古爾、薩布林和薩納拉三員猛將，一個大公無私，一個忠誠老實，一個有時不免計較個人名譽，在性格上仍有一定的差異。

《江格爾》描寫最成功的英雄形象是洪古爾。史詩飽含感情地說洪古爾身上集中了「蒙古人的九十九個優點」，展現了草原勇士的一切優秀品格。

他對人民無限忠誠，對敵人無比痛恨，有山鷹般勇敢精神，有頑強不屈的鬥志。他熱愛家鄉、熱愛人民，不畏強暴，為了寶木巴粉身碎骨也心甘情願。

洪古爾的形象突顯了蒙古民族那種吃苦耐勞，頑強堅定和英勇尚武的性格。

草原英雄離不開駿馬，因而史詩除了突出歌頌英勇善戰的騎馬英雄江格爾及其部下，還同時突顯了主角與其戰馬之間親密無間、唇齒相依的關係。

《江格爾》塑造了一個個神奇的駿馬形象，像江格爾的阿蘭扎爾駿馬、洪古爾的鐵青神駒，都是英雄最忠實的朋友和得力助手，牠們能夠自由馳騁於宇宙三界，能夠幫助主人出主意，在主人遇到災難時能夠保護主人。

江格爾的馬叫「阿蘭扎爾」，通達人情世故，甚至會說人話，有如神靈一般無所不能。詩中這樣描寫牠：

阿蘭扎爾的豐滿的臀部，
集中了一切瑰麗；
阿蘭扎爾的眼睛，
集中了一切銳利；
阿蘭扎爾的挺勁的前腿，
蘊藏著一切速力；
阿蘭扎爾的挺起的胸脯，
和阿爾泰山一樣齊；
阿蘭扎爾的堅硬的四蹄，
能把敵國的土地踩成稀泥。

《江格爾》還塑造了很多暴君形象，如凶惡的沙爾．古爾古、殘暴的哈爾．黑納斯、芒乃汗以及多頭惡魔蟒古思等。此外，史詩還出色地刻劃了一些勞動者的形象，在藝術創作方面也是別具匠心的。

而且，《江格爾》還運用了想像和誇張的寫作手法，這些手法展現在對寶木巴的描寫，對英雄人物和美女的描寫，對戰鬥場面和戰馬的描寫，以及對敵人的描寫，而且文字生動優美。

如對江格爾的宮殿是這樣描寫的：

江格爾的宮殿壯麗雄偉，
六十六個簷角凌空欲飛，
八十八個紋窗璀璨奪目，
七千根畫棟絢麗多彩，
巍峨的宮頂穿過雲海，
距那天宮只有三指遠。
珊瑚瑪瑙鋪地基，
珍珠寶石砌牆壁，
萬有的至高的主宰者，
是孤兒江格爾。
他坐在四十四條腿的寶座上，
光輝燦爛，好像十五的月亮。

史詩對江格爾妻子阿蓋美麗的描寫，也具有同樣的特點：

阿蓋向左看，左頰輝映，
照得左邊的海水波光粼粼，
海裡的小魚歡樂地跳躍。
阿蓋向右看，右頰輝映，
照得右邊的海水浪花爭豔，
海裡的小魚歡樂地跳躍。

史詩為了強調表現某一人物和事物，大量運用了誇張描寫。如寫英雄薩納拉身穿「七十層厚的戰袍，七十層厚的戰袍上披掛著八層鎧甲」。寫千里眼則用「七十個人也抬不動的大碗，一氣喝了七十五碗美酒，一連又喝了八十五碗醇酒」。

描寫洪古爾的威武，說他「腹粗八十五尺，腰圍三十五丈，洪古爾身上凝結著十二頭雄獅的力量」。有一回，他被魔王芒乃射中一箭，竟用了 12 個勇士，才把他身上的箭矢拔下來。

洪古爾使用的寶弓巨大無比，要用 500 個力士才能為他上弦，一箭能射穿 50 個敵人的頭顱。

明彥跑進魔王昆莫的宮殿，用利劍在魔王身上捅了 71

下，才使魔王從睡夢中醒了過來。魔王的勇士扎拉走一步能跨一條河，兩步能躍一座山。

這些想像和誇張的語言描寫，表現出一種粗獷雄渾的精神氣質，使人物形象躍然紙上。

《江格爾》的民族性還表現在語言運用、表現手法等諸多方面。如運用豐富優美的衛拉特民間口語，融合穿插蒙古族古代民歌、祝詞、讚詞、格言、諺語，以及大量採用鋪陳、誇張、比喻、擬人、頭韻、尾韻、腹韻等。

總之，《江格爾》像一座民族歷史畫廊，又似一座博物館，更像那遠古民族向後人彈奏的一部天籟曲，訴說著蒙古人民的古老傳說。

【旁注】

韻文：指有韻的文體。與散文相對。如詩、賦、詞、曲和有韻的頌、讚、箴、銘、哀、誄等。是講究格律的，甚至大多數要使用同韻母的字作句子結尾，以求押韻的文體或文章。

三界：在佛教術語中指眾生所居之欲界、色界、無色界或指斷界、離界、滅界等三種無為解脫之道。在薩滿教術語中則指宇宙上、中、下三界。

民歌：原本是指每個民族的傳統歌曲，每個民族的先民都有他們自古代已有的歌曲，這些歌絕大部分都不知道誰是作者，而以口頭傳播，一傳十十傳百，一代傳一代地傳承至今。今天所說的民歌，是指流行曲年代的民歌，以自然坦率方式歌唱，唱出大家純樸生活感受的那種歌曲。

諺語:是熟語的一種。是流傳於民間的一種比較簡練、言簡意賅的話語。多數反映了人民的生活經驗，而且一般都是經過口頭傳下來的。多是口語形式，通俗易懂的短句或韻語。和諺語相似但又不同的有成語、歇後語、俗語、警語等。

【閱讀連結】

《江格爾》透過其豐富的思想內容和生動的藝術形象，描繪了洋溢著草原生活氣息的風景畫與生活圖景，展現了蒙古民族特有的性格特徵和審美情趣，在藝術風格方面具有鮮明的民族特色。

史詩滿懷深情地描繪了阿爾泰山的奇壯景觀，對古代衛拉特部落的生活環境，做了富有民族特色的渲染。

蔚藍的寶木巴海，高聳入雲的阿爾泰山，翡翠般的千里草原，一望無際的銀色沙漠，嘶鳴奔騰的馬群，瑪瑙般的牛羊，光芒四射的巍峨宮殿，構成一幅五光十色、絢麗多彩的草原特有風景畫。

在遼闊的草原上，牧馬人拿著套馬杆翻過高山，越過湖泊，追逐兵士烈馬的精彩場面，嫩綠的牧場上舉行的「好漢的三種競賽」的情景，令人神往。

達到了詩歌藝術的高峰

《江格爾》是數百部蒙古族英雄史詩中最優秀的一部，也是整個蒙古族民間詩歌藝術中最有代表性的作品。它由廣大蒙古族群眾創作而成，是集體審美意識的展現。

世世代代居住在大草原和山林中的蒙古族牧民和狩獵人，按照自己的審美方式不斷創造和加工《江格爾》，使其吸收代代相傳的蒙古族古代詩歌的藝術精華，從而達到了蒙古族民間詩歌藝術的最高峰。

蒙古族史詩《江格爾》中的主角江格爾是一位頂天立地的英雄。他從 3 歲起便策馬降魔，少年時便將 42 個可汗的領土攻占。他一生中率領英勇的部下，和異族侵略者進行頑強奮戰，保衛寶木巴國，使人民幸福安康。

《江格爾》中的駿馬形象塑造的神勇高大、矯健、豐滿、神勇，具有理想化的特徵。勇士們的駿馬亦身軀高大、外形漂亮、動作敏捷、無所畏懼，而且和勇士一樣有膽識、力量和勇氣。牠們身上集結展現了蒙古族人對於馬的愛戴。

洪古爾娶妻途中唯一的夥伴菊花青寶駒，有著這樣的外形：

駿馬的四蹄鋼鐵般堅硬；駿馬的鬃毛翅膀般扇動。閃閃發光的長鬃，帶起錚錚的琴聲；又粗又長的尾巴，甩出動人的笛音。

駿馬不但發揮了坐騎的功能，還是一匹人格化的駿馬，和人一樣有意識、語言。例如，在洪古爾娶妻途中，吃飽喝足，酣睡了過去。

他的坐騎寶駒菊花青提醒洪古爾說道：

像在父親的家裡一樣，你竟能這般坦然地睡覺！不要說你是萬能的人，就是我這個草包，也想念北方的故土，已到了難以克制的地步，豈能在這裡久留！

於是，洪古爾甦醒過來，振奮精神，一口作氣，馳過草原、跨過雪山，飛向他的目的地。對於單槍匹馬在娶妻路上的勇士而言，駿馬此時是他唯一的助手與夥伴。駿馬可以給勇士勇氣與智慧。可見駿馬對於勇士而言，可以增添勇氣和激發鬥志。

除善騎外，娶妻的勇士們不論有沒有遇到阻撓或被拒絕，還必須透過摔跤和射箭來證明自己的英勇與膽識。如洪古爾之子浩順·烏蘭在娶妻時與其他勇士較量的第一項便是賽馬，浩順遠遠地甩開了對方。

第二項射箭，其比賽要求非常之高。射出的箭，須射中蘆葦的節子，穿過狐狸胯骨的窟窿，射裂白皚皚的雪峰，射到 7 條河的源頭，燃起 7 堆野火的地方，還要不等飛箭落地搶先趕到，將箭頭叼在口中，這項比賽才能算得取勝。

比賽標準如此之高，這說明當時蒙古族勇士的射箭是必備的技能，也是手到擒來的技能。

史詩中對於弓箭的描寫也非常細緻、具體。弓箭是勇士們必不可少的實用武器，而且也是裝飾品，正如身佩腰刀一樣。這種審美形態能使人產生一種雄偉、剛健的壯美感。

浩順與對手的第三項是摔跤的角逐，這不僅僅是力量的對抗，更是智慧與技巧的較量。浩順「使用媽媽教的計謀，使用爸爸教的招術，使用各種腳絆」才將對手制伏。可見，蒙古民族崇尚的不單單是勇猛和剽悍，更欣賞的是勇與謀，智慧與力量的結合。

勇士們只有具備了這些特點，他的子民心中才把他們和勇猛、矯健、昂揚、奮發、瀟灑、靈秀、忠義、赤誠等賦予英雄的審美價值相連繫。賽馬、騎射、摔跤可以說是民族審美意識的表現，民族美學的具體化。

另外，《江格爾》還展現了蒙古族人民對酣睡的審美觀。賽力罕塔卜克是江格爾手下的一名勇士，史詩在他去請洪古爾途中有一段對於他酣睡的描寫，而喚醒他的便是他的坐騎白龍駒。

史詩是這樣描述的：

勇士來到茫茫的荒原，搭起爐灶，把枯木點燃，紫色的銅鍋裡，將紅茶熬煎。他胡亂地把茶揚了一氣，把一大塊酥油放進茶裡，然後他喝起濃釅的茶水，三川柳似的周身紅遍，皮條似的舒展身軀，躺倒酣睡。

熟睡了七七四十九天，那潔白的駿馬，口吐人言：賽力罕塔卜克將軍呀！難道我們是為了睡覺，才來到這曠無人煙的荒郊？

《江格爾》中對於英雄出征前酣睡的描寫並不少見，只是英雄酣睡的地點不同，有的在山中，有的在山林中，有的在荒野上，而無一例外的大都在戰爭的前夕，喚醒英雄的一般都是他們的坐騎，醒來之後的英雄精力充沛、體力過人，在戰爭中表現得更加勇猛，從而取得勝利。

洪古爾在活捉魔鬼端殊日格爾勒前夕，在清涼的泉邊，茂盛的草灘上四肢伸展像皮條，全身紅得像三川柳，直睡了七七四十九個黑夜和白晝。

史詩對他的阿冉扎赤駒描述道：

吃飽了草灘草，喝足清泉水，脖頸已胖的齊耳，身上已膘滿肉肥。

洪古爾在睡醒之後更是精力過人，史詩中說他「公駝般地吼叫了一聲，犛牛般地伸了一個懶腰」。

洪古爾出發後，先是砍掉了魔鬼的使臣，又騎馬飛馳3個月，直奔魔鬼的宮殿，10萬黑魔也未能抵擋住力大無窮的洪古爾，最終活捉魔鬼端殊日格爾勒。

對英雄酣睡的描寫恰好反映了蒙古族人民原始思維邏輯的審美意識。他們發現如果困頓體乏，只要踏踏實實地睡一覺，體力、精神自然就會恢復，從而精力旺盛。因此他們認為，英雄同樣需要透過酣睡補充體力和精力。

英雄們酣睡起來非常人能比，一睡就是幾十天，甚至幾個月。人們相信睡的時間和體力的充沛成正比。而給予英雄們睡覺的時間越長越表達了蒙古族人民對於力量的推崇。力量、精力、強健是英雄的象徵也是這種原始邏輯審美意識的又一具體化展現。

另外，英雄的死而復生在《江格爾》中也占有重要的位置。江格爾、洪古爾等都經歷過死而復生的事情，從他們關於死而復生的描寫中，也可以發現蒙古族人民對於生命的審美意識。

從中可以發現兩個鮮明的特點：一是，搭救者往往為女性。在蒙古族原始人們的思維中，女性是生命的締造者，她們既能孕育生命也有起死回生之術。因此在《江格爾》中，婦女形象有著神奇的一面，她們各個都有著非凡的本領。

如江格爾的妻子阿白．葛日洛能辨別真偽，且能牢記住 99 年前往事，預知未來 99 年的事情；洪古爾的妻子卓莉贊丹是個神仙般的女人，她不但預知世事，還能變出鐵馬、鐵兵阻擋敵人；洪古爾的母親希莉苔．贊丹．葛日洛夫人有著薩滿般神奇的法術。

這些具有超凡本領勇士的妻子們，還各個美貌如花，多才多藝。如洪古爾之妻卓莉贊丹，她像永不凋零的花朵，她有著白皙的前額，肌膚好似白絲綢，身段長得豐滿而秀美，兩頰紅得活像草莓，10 個指頭細而又長，全身閃射著朝陽般的金輝，還有一副善良心腸。滿腹的學問，含而不露，滿腦的智慧，使用不完。

蒙古族人民的審美觀中最美的是陽光和月光，女人臉上光彩的描述足以淋漓盡致地表達出，牧民們心中理想的美女形象。由此可見，《江格爾》中對於女性形象的塑造源自於遠古蒙古族牧民們的自然審美觀。

二是，搭救手段往往為天賜甘露或神丹妙藥。在蒙古族原始人們的思維中，對於大自然更多的是畏懼與臣服。當看到日月星辰的交替、四季周而復始的運轉、動植物的生與滅，他們自然聯想到人的生老病死及不可抗拒的生命消失。因而，遠古先民將最美好的希望寄託在英雄身上。

英雄不僅僅是一個超越常人的非凡之人，更是蒙古族人民審美意識的具體呈現。凡人的生死或許無關緊要，但英雄是永遠不會逝去的。

英雄是智慧、勇敢、正義、剽悍、力量、機敏等諸多審美價值的綜合體。因此，人們力求借助巫術形式、借助於天意、天賜之露、靈藥等神力，使英雄得以復生，永保生命力。

人們認為，只有英雄的永生，由他們審美意識而想像出的理想人性及生活才能得以實現和延續。洪古爾是《江格爾》中最引人注目、最出眾的英雄。因此死而復生的次數也最多，而且每次死而復生之後會立刻投入戰鬥中。

同時，人們又把這種理想化寄予現實中，即所有將領都像史詩中的英雄那樣無限忠於民族、忠於人民，在戰鬥中發揮英勇無畏的英雄氣概，過人的智慧與無人能比的高強武藝。

蒙古民族在自己獨特的生活環境中，創造了自己獨特的文化，並建立了自己獨特的審美意識。這種審美意識又影響著其文化的傾向，從而上升到影響民族心理素養和民族性格的形成。

民族心理素養和民族性格又決定了他們在文化生活中，對審美對象和審美形式的追求。勇猛、頑強、進取是蒙古民族的民族精神，也是蒙古民族的審美意識。兩者相互影響、相互促進，在歷史的長河中慢慢積澱，而成為被後人們廣為傳唱的英雄讚歌。

【旁注】

酥油：是藏族食品之精華。酥油是似黃油的一種乳製品，是從牛奶、羊奶中提煉出的脂肪。產於夏、秋兩季的犛牛酥油，色澤鮮黃，味道香甜，口感極佳，冬季的則呈淡黃色。酥油滋潤腸胃，和脾溫中，含多種維生素，營養價值頗高。在食品結構較簡單的藏區，能補充人體多方面的需求。

絲綢：泛指絲織物，古時多是有錢人家作為衣物。中國絲綢以其卓越的品質、精美的花色和豐富的文化內涵聞名於世。絲綢是中國古老文化的象徵。

巫術：透過借助超自然的神祕力量對某些人、事物施加影響或給予控制的方術。古代施術者女稱巫，男稱覡。巫術透過一定的儀式表演，利用和操縱某種超人的力量來影響人類生活或自然界的事件，以滿足目的。

【閱讀連結】

《江格爾》中以重要的騎馬、射箭、摔跤為結尾，這樣的流程流傳至今並延續下來，成為了以後蒙古族傳統節日盛會「那達慕」主要的三項內容。

那達慕是蒙古族人民具有鮮明民族特色的傳統活動，也是蒙古族人民喜愛的一種傳統體育活動，那達慕大會的內容主要有摔跤、賽馬、射箭、套馬、下蒙古棋等民族傳統項目。

「那達慕」是蒙古語的譯音，不但譯為「娛樂、遊戲」，還可以表示豐收的喜悅之情。

柯爾克孜族的精神象徵：瑪納斯

《瑪納斯》是中國柯爾克孜族的英雄史詩，是中國三大英雄史詩之一。它透過曲折動人的情節和優美的語言，展現了柯爾克孜族勇敢善戰、百折不撓的民族精神與民族性格，是一部具有人民性和思想性的典型英雄史詩。

《瑪納斯》主要流傳於新疆南部的克孜勒蘇柯爾克孜自治州以及新疆北部特克斯草原、塔城等柯爾克孜人聚集的地域。

此外，中亞的吉爾吉斯、哈薩克及阿富汗北部地方也有《瑪納斯》流傳，是一部具有世界影響力的史詩。

無畏英雄誕生的傳奇故事

傳說在很久以前，草原上有一個草木豐茂、水源充足、宜於放牧和耕種的地方，那裡有一位叫汗瑪瑪依的部落族長。他睿智、公正、勇敢，周圍有 40 多個部落從四面八方前來歸順他，汗瑪瑪依將自己的部落取名為「柯爾克居孜」。

汗瑪瑪依族長的第六個妻子為他生了一個兒子，取名「布多諾」。汗瑪瑪依族長逝世後，布多諾繼位，將「柯爾克居孜」改名為「柯爾克孜」。

到了 11 世紀末，草原上其他各部。柯爾克孜族這時的族長是奧勞孜杜，他帶領的柯爾克孜因為部落比較小，經常遭到侵略，但是柯爾克孜族的人們以堅強不屈的意志，一直進行著反抗。

奧勞孜杜去世後，他的兒子加克普繼續帶領族人進行反抗，長期的鬥爭使得柯爾克孜族人形成了堅忍不拔的高尚品格。加克普的兒子名叫「瑪納斯」，當瑪納斯當上族長後，帶領人們多方征戰，取得了很多勝利。

人們為了紀念瑪納斯，也為了傳揚本民族的反抗精神，在部落中出現了傳唱瑪納斯族長帶領人們征戰的說唱藝人，人們稱他們為「瑪納斯奇」，並將他們說唱的史詩取名為《瑪納斯》。

每一個瑪納斯奇都會在瑪納斯的事件上根據自己的語言特色、知識量和生活閱歷進行即興創作，瑪納斯的形象漸漸地富有傳奇色彩。在《瑪納斯》的說唱中，對瑪納斯的青少年時代是這樣描述的。

那是在瑪納斯出生之前，他的父親加克普因沒有繼承人，為此常常遭受人們的議論。加克普求子心切，按照傳統的風俗，命妻子綺依爾迪到密林深處去過孤單的生活，讓她在那裡受孕。這是一種古老的求子儀式，柯語叫「額爾木」。

儀式過後，綺依爾迪果然懷孕，她便住在山裡等待孩子出生。加克普派了一個孤兒上山送水送飯。一天，這孤兒在回家的路上，發現叢林中有 40 個孩子，長得一個模樣。另外還有一個男孩，別的孩子們稱他是「瑪納斯」。其中的一個孩子說他們是瑪納斯的 40 個勇士。

這一預兆也被其他的人看過，加克普很擔心這事會被柯爾克孜族的死對頭卡勒瑪克族人知道，為了保密，他把那個孤兒殺了。

但是，卡勒瑪克的汗王阿牢開從占卜師那裡得知柯爾克孜人中要降生一位蓋世英雄。阿牢開把這一資訊迅速報告給大汗王秦額什。

秦額什聽後大驚失色，立即傳令，不能讓柯爾克孜人單戶獨居，必須每5戶派出一個偵探看管，並剖腹探查所有的孕婦。

一天之內，柯爾克孜族有5,000個孕婦死於非命。偶然有漏查而出生的孩子，要查手紋，若發現占卜師所說，手心有「瑪納斯」字樣，當即處死，但是由於綺依爾迪住在山上，所以逃過了一劫。

綺依爾迪懷孕期間，得了一種奇怪的病，想吃神鳥的眼珠、老虎的心、獅子的舌頭。分娩時，生下了一個肉囊，從中劃開，才取出一個白胖小子，沉重異常，大人抱不起來。嬰兒一手握著血，一手握著油，展開右掌，果然有「瑪納斯」字樣。

人們知其不凡，為了瞞過卡勒瑪克偵探，換了一條小狗裝進肉囊。大家守口如瓶，誰都不叫這嬰兒「瑪納斯」，另取名叫「大瘋子」。瑪納斯在眾人的保護下平安出世，又隱姓埋名。

瑪納斯長到 4 歲，體魄魁梧。長到 6 歲，開始放牧。長到 9 歲，便能跨馬征戰。瑪納斯慷慨好施，常與牧工們共進佳餚，父親加克普看到後斥責了瑪納斯，瑪納斯氣憤下逃離家鄉。

他離開家鄉巴里坤，到了農耕的吐魯番，學會了播種耕耘，開荒修渠。以後，他又在母親的幫助下，投奔舅舅巴里塔。

巴里塔是位巨人，又是預言家。他是加克普的親弟弟，但綺依爾迪卻是他的戰利品。他將綺依爾迪視為妹妹，送給了加克普作妻子，從此以兄長自居，並對綺依爾迪關懷照顧。因此瑪納斯把他當作最可信賴的舅舅。

巴里塔老人教育瑪納斯，只有得到眾人的援助，才能完成英雄的事業，並送給外甥一支槍和一把金剛寶劍，還請鐵匠專為瑪納斯鍛造了精良的長矛和戰斧。

巴里塔讓自己的兒子楚瓦克當瑪納斯的勇士。楚瓦克後來成為瑪納斯的左右手之一。最後，巴里塔指點瑪納斯去找最著名的智慧老人巴卡依。一定要請出巴卡依來輔佐他。瑪納斯果然找到了這位長壽的智者。

瑪納斯少年時期過的是流浪生活，也正因為這樣，才有機會廣泛接觸了社會，尤其目睹了異族卡勒瑪克人對柯爾克孜人的種種欺凌，銘記於心，立志要推翻他的統治。他在巴卡依、巴里塔等老一輩英雄的幫助下，聚集了40位勇士。

瑪納斯找人製造了各種兵器、戰袍和鎧甲。他把分散的柯爾克孜族人統一了起來，還聯合了其他受欺壓的弱小民族，組成聯盟，壯大了實力，從此瑪納斯便開始了征戰的生涯。

薩滿教作為柯爾克孜族的原始信仰，它的世界觀和文化內涵對柯爾克孜族人民的觀念、習俗及民間文學的影響力是相當大的。

《瑪納斯》形成於柯爾克孜族人民信仰薩滿教的時代。柯爾克孜族人的生活生產、倫理道德、民風民俗、文學藝術等均與薩滿教的世界觀交融於一體，形成了別具特色的薩滿文化。

古代柯爾克孜族的薩滿教信仰、薩滿教世界觀以及與薩滿教有關的習俗儀式等，都展現在瑪納斯的誕生過程裡。

原始先民們在征服自然的鬥爭中常感到無能為力，自然界裡的許多現象令他們茫然不解，驚恐畏懼。在大自然中，悠悠的蒼天最令原始人感到神祕莫測。蒼天不僅有日月星辰出沒，而且還有雷鳴閃電發生。

原始先民們憑藉他們的智力和生產水準對這些現象不能解釋，他們便相信神靈的存在，蒼天崇拜由此就產生了。萬物有靈觀念的產生，為薩滿教的形成創立了環境。柯爾克孜族的蒼天崇拜是根深蒂固的。古代柯爾克孜族人祭天、拜天、向天祈禱的習俗曾經十分盛行。

在《瑪納斯》中，加克普沒有兒子，他向上天禱告，把妻子送到森林裡獨居，他們的虔誠感動了上天，妻子在林裡面懷上了英雄瑪納斯。瑪納斯應該是上天賜予人類的兒子，因此他才非同凡響，具有超人的神力。

由於崇拜蒼天，蒼天中的一切，如日、月、星辰也都受到崇拜。在柯爾克孜族的神話中，天神創造的第一個人就是「月亮父親」，因此，在柯爾克孜族人民心目中的地位是非常崇高的。

所以，《瑪納斯》裡慣用月亮來形容英雄，如「月亮般的瑪納斯」、「月亮湖瑪納斯」等。

同時，月亮是潔白的，因此，柯爾克孜人對於月亮的顏色也十分的崇拜，白色象徵善良，白色象徵神力。白色的乳汁、潔白的麵粉均為吉祥、聖潔之物。

所以，在瑪納斯的母親難產時，家人為她進行祈禱儀式，在長竿的頭上綁上白色的棉花，從窗戶裡挑出去，借助白棉花的神力，向蒼天祈禱。

信仰薩滿教的民族普遍存在著對乳汁的崇拜觀念和習俗。而史詩中，瑪納斯出世的時候就是一手握著血，一手握著乳汁。這裡的乳汁就是象徵著美好的生活。

在薩滿教信仰中，蒼天崇拜高於一切，與蒼天有關的一切都是神聖的。樹木高聳入雲天，在原始先民們的心目中，它被認為通天的媒介，連接天界與人世的階梯。樹崇拜成為薩滿教的重要觀念之一。

自古以來，在信仰薩滿教的北方一些民族中仍然存在著祭樹的儀式。鄂溫克人所祭的「敖包」是一棵樹，蒙古人的祭敖包儀式，也是先在敖包上插上樹枝。

樹木具有很強的繁殖能力和巨大的生命力。人和動物一代代死去，而許多的參天古樹卻能夠活幾百年。樹木所具有的這種頑強的生命力為人們所傾倒，引起他們無限的遐思，於是，有關樹生子的神話也就孕育而生。

薩滿教相信樹木有很強的繁殖能力，那麼根據原始人的聯想思維，他們自然地認為只要讓不懷孕的婦女在樹林裡居住，這樣樹木的繁殖能力就可以傳給婦女，讓她們懷孕。

所以，在《瑪納斯》中，瑪納斯的母親就是因為以前沒有生下孩子，所以她的父親把她送到了樹林裡去做這個儀式，也就是透過了這個儀式，瑪納斯的母親才懷上他。

柯爾克孜族人在西遷以前，他們的祖先在葉尼塞河上游的山林地帶曾經長期以狩獵為主。西遷到天山和阿爾泰山以後，柯爾克孜族人的生存境域變了，生產與生活也發生了很大的變化。但是，狩獵仍然是柯爾克孜族百姓生活中的一個重要組成部分。

吃獸肉、著獸皮的生活方式，決定了狩獵民族對動物的依賴。由於狩獵工具的簡陋，生產力低下，人們經常遭受野獸的襲擊，猛獸成為先民致命的威脅。

對於野獸這種既畏懼又崇拜的心理導致了對動物崇拜觀念的形成，崇尚動物的審美意識也與那個時代的生產與生活方式直接相關。

瑪納斯的母親懷孕以後要吃老虎的心，獅子的舌，還有神鳥的眼睛。原始先民們認為透過這些猛獸的力量就可以轉化到英雄的身上。

另外，柯爾克孜族人相信受到動物肺葉的敲打，無災的得福運，有災的去災。所以，瑪納斯誕生前，他的母親因為難產很痛苦，他的父親按照柯爾克孜族人的習俗，宰殺了一隻黃頭羊，用羊肺敲打他母親的頭，這樣瑪納斯才得以順利出世。

瑪納斯的誕生過程，從他父母的祈子，到懷孕，再到出生，一貫而終的是柯爾克孜族人民的薩滿教的信仰，動用了薩滿教的一套出生儀式，他實際上就是在薩滿教的環境中誕生的。

【旁注】

族長：亦稱「宗長」，是古代社會中家族的首領。通常由家族內輩分最高、年齡最大且有權勢的人擔任。族長總管全族事務，是族人共同行為規範、宗規族約的主持人和監督人。

手紋：又名掌線、掌屈紋等。中國從古代延至後來，將掌內之主要紋線分為四大條，天紋、人紋、地紋、玉柱，並將其天、人、地三線合稱之為「三才紋」。而其掌內之小掌線紋則是千變萬化，名稱繁多，古人認為，透過手紋可以看出一個人的命運。

鎧甲：古代將士穿在身上的防護裝具。中國先秦時，主要用皮革製造，稱甲、介、函等；戰國後期，出現用鐵製造的鎧，皮質的仍稱甲；唐宋時期以後，不分質料，或稱甲，或稱鎧，或鎧甲連稱。

【閱讀連結】

在《瑪納斯》裡，瑪納斯出生前，有人在樹林裡發現了40 個孩子，這個預兆是在說明，瑪納斯不是一般的凡人誕生，他是拯救世人的，有非同常人的地方。而瑪納斯的出世也不簡單，和瑪納斯一起出來的那個肉囊，也反射出原始先民們的思想意識。

在古老的北方民族英雄傳說中，強而有力的英雄往往出自肉囊之中或巨卵之中。

原始先民們透過自己平時的觀察，看見一些動物從卵裡孵化出來，於是在他們的思維裡，卵就成了生命的象徵，同樣的肉囊也是這種觀念的延伸。

充滿浪漫色彩的愛情傳說

另外，在《瑪納斯》中，還有關於瑪納斯婚姻的部分，將瑪納斯的妻子塑造成了一個美麗、善良，並全心全意幫助柯爾克孜族人的形象。

瑪納斯的妻子名叫「卡妮凱」，她雍容靜穆，聰敏過人。她的父親鐵木爾汗有三個孩子，她居二，長兄叫「卡拉汗」，三弟叫「夏鐵木爾汗」。長兄卡拉汗最有聲望，大家便稱美麗賢慧的卡妮凱是卡拉汗的公主，她隨卡拉汗在風景宜人的布哈拉居住。

一日，天高雲淡，風和日麗，卡妮凱率領著40位宮女在湖邊遊玩，恰逢瑪納斯率雄獅向別特巴克套進軍，途經這裡。瑪納斯在駿馬上瞧見了這位女子，立刻被公主多情的風采所吸引。

瑪納斯勒住韁繩，把右腿搭在馬脖子上，嘴上叼著棗木菸袋，仔細端詳著卡妮凱。瑪納斯想，這是人間女子還是天上仙女，我能否與她結成良緣？

在場的40位宮女誰也沒有注意，只有卡妮凱看到馬上的勇士是那麼英俊。由於戰事緊急，瑪納斯帶領著勇士迎著戰鼓揚鞭而去，但是湖畔卻留下了他們彼此的思戀。

後來，瑪納斯一直忙於戰爭，直至第五次塔什干之戰取勝以後，才想起了湖畔姑娘卡妮凱的倩影，徵得父親加克普的同意，便派了最善於外交的勇士阿吉拜去求親。

阿吉拜風流倜儻，口才很好，又懂禮貌，與各種人打交道，都能做到讓對方過得去，又不失自身的體面。這位天才的、心地善良的外交使節，見到卡妮凱的長兄卡拉汗以後，舉止得體，珍珠般的言語令人欽佩：

我的汗呵，你身邊有一隻俊美的小鴨，
我的汗呵，我們那裡有一隻勇猛的鷂鷹。
讓你的小鴨飛走吧，
讓我們的鷂鷹把她擒！
我的汗呵，你身邊有一隻潔白的天鵝，
我的汗呵，我們那裡有一隻勇猛的雄鷹。
讓你的小天鵝飛走吧，
讓我們的雄鷹去搜尋！

但是卡拉汗提出了條件苛刻的聘禮，要一筆大得無法付出的聘禮，其中包括一棵金樹，一棵銀樹，一個裝滿酥油的湖，一個裝滿奶汁的湖。

阿吉拜既沒有表示嫌多，也沒有表示允諾，彬彬有禮地告辭。不料剛調轉馬頭，卻被卡妮凱挽留。他隨機應變說：「本想問嫂嫂的名字，可我沒有帶來饋贈的禮物。」

卡妮凱交給阿吉拜一塊手帕，要他送給瑪納斯。這是她早已準備好的，並以坦率的赤誠，請阿吉拜向瑪納斯轉達她的愛情。毫無做作，又毫不魯莽，很自然地向瑪納斯獻出了純情。

阿吉拜異常出色地完成了求親的使命。瑪納斯見到卡妮凱的定情信物，喜不自禁。為了交付聘禮，他每日帶上勇士們上山圍獵，將野菜換成茶葉、布匹和各種用品，然後喬裝成商人，馱上帳篷、物品，直奔卡拉汗的牧村。

瑪納斯擺開貨攤，立刻吸引了許多女子，但唯獨不見卡妮凱。瑪納斯出於對未婚妻的思念，在一個深夜悄悄地走進了她的氈房，卻被公主的短劍刺傷。

瑪納斯慌忙逃離了氈房以後，他不責怪自己的冒失，反而對卡妮凱十分氣惱。從此，對未婚妻採取了冷淡的態度，以示報復，6 年之內沒有再提這件婚事。

卡妮凱並不因此泯滅對瑪納斯的愛情，她不卑不亢，穩重自持。後來，在勇士們的催促下，瑪納斯才派了一名笨拙魯莽的使臣捎信到布哈拉說，如果卡拉汗的女兒願意嫁君王，就把她帶來，否則他瑪納斯就不客氣了。

這個使臣，用柯爾克孜人的話說，是個「粗得叫他取帽子，他會連人家的腦袋也取下來」的勇士。他風風火火地來到卡拉汗面前，連聲訓斥。

卡拉汗懼怕瑪納斯的武力，唯恐布哈拉被夷為平地。他無可奈何，只得為公主陪送了畜群，選了 20 名男女青年，簡簡單單地把卡妮凱送去結婚。

婚後，瑪納斯因聽信另外兩個美女的讒言，曾經兩度遺棄過卡妮凱，而卡妮凱卻通情達理，辦事幹練，洞察世事，為人處世，落落大方。她那驚人的毅力和高尚的情操，使人們更尊敬她，也更同情她。

卡妮凱從不用甜美的話語去博得君王的溫情，而是全心全意為瑪納斯家族和柯爾克孜人民效力。最終，使勇猛粗獷的瑪納斯為之折服。

卡妮凱從此在瑪納斯心目中，占據了不可取代的地位，成了他最心愛的妻子，也成了他的輔佐和朋友，除了在戰場上，瑪納斯簡直一時一刻也離不開她。

民族的災難、生活的磨練、愛情的坎坷，考驗了他們，也鍛鍊了他們。卡妮凱成為唯一能參加最高軍事會議的女性，她的意見受到全體參加會議的汗王們重視。

瑪納斯犧牲以後，卡妮凱的悲哀超過所有的人。但她牢記著瑪納斯的遺言，為他選擇了理想的墓地，建造了精美的陵墓。她團結活著的勇士們，在艱難的條件下撫養獨生子，以便重振瑪納斯的未竟之業。她對瑪納斯的愛，自始至終，矢志不移。

【旁注】

菸袋：過去吸水菸或旱菸的用具。一般由菸袋鍋、菸袋杆、菸袋嘴構成。菸袋包是裝菸末的專用工具，一般繫在菸袋杆上。

聘禮：訂婚時，男家給女家的定禮。中國古代把婚禮過程分為六個階段，古稱「六禮」，即納采、問名、納吉、納徵、請期、親迎。其中「納徵」，即男家將聘禮送往女家，又稱納幣、大聘、過大禮等。

定情信物：定情信物包括：戒指、如意、羅漢錢、紅豆、鳳釵、手帕、荷包等，或者是家中祖傳的某種小物品、本人精心選購的某種紀念品等。不管信物為何、價值是否貴重，信物總會有一定來歷或與自己有特殊的關係，其精神上的含義肯定是不能用物品是否值錢來衡量的。贈上了信物，猶如呈上了自己的心願，表明自己將終身不移其志。

氈房：就是氈帳。中國新疆哈薩克族牧民春、夏、秋三季所住的房屋。它不僅攜帶方便，而且堅固耐用，居住舒適，並具有防寒、防雨、防地震的特點。房內空氣流通，光線充足，千百年來一直為哈薩克牧民所喜愛，被稱為白色的宮殿，是哈薩克族先民的重要創造。

陵墓：指帝王諸侯的墳墓。亦泛指墳墓。中國歷來以農業立國，重土地，表現為生時留戀鄉土，死後則歸葬鄉土，此為人生之最後歸宿。因此，人們格外重視自己的墳墓，而帝王對陵墓的要求更高。

【閱讀連結】

在《瑪納斯》的人物體系中，婦女形象塑造得最為光彩奪目，而且她們往往具有未卜先知的神力。

瑪納斯之妻卡妮凱美麗而高貴，精明能幹，並具有未卜先知、使人死而復生的神力；瑪納斯之子賽麥臺依的妻子阿依曲萊克，是位具有傾國傾城美貌的仙女。遇到緊急情況，她能幻化作白天鵝在藍天中飛翔；瑪納斯之孫賽依臺克的妻子是善戰仙女庫婭勒，她可以輕而易舉地用矛尖挑起山一般大的巨人。

《瑪納斯》描寫了仙女聚集的卡依普仙女、芥孜碧萊克仙女、帕提古麗仙女，他們都是史詩中英雄們的妻子。當她們的丈夫遇到險情之時，她們飛上天空，前去救助。

展現民族聯合的團結精神

《瑪納斯》中還用了大量感人肺腑的語言敘述了瑪納斯和盟兄弟阿里曼別特的深情。在史詩中，阿里曼別特是一位外族英雄，但是他犧牲後，人們以不可抑制的悲痛歌唱了他。

在契丹有一位王子名叫「左少亞」，是克塔依貝京人，貝京是都城。他是齊拉巴汗的第八代子孫。他當王子時，克塔依最大的汗王是艾散汗，他的父親只是一般的汗王之一。

左少亞擁有幸福的童年，有金碧輝煌的宮殿和令人心曠神怡的花園。18 歲那年，左少亞從師學藝 3 年期滿回家，拜見父王的時候，發現少了 12 位將軍。為此，他求見大汗艾散。艾散說那 12 將軍送給了空吾爾。

艾散認為器重空吾爾可以保護邊境的安全，並讓他協助空吾爾守住康卡依地方。艾散引狼入室，使左少亞十分悲憤。左少亞得不到自己父王的理解，但又不願過那種被異族控制的生活，只好放棄繼承汗位而出走了。

左少亞出走後，第一次結盟是與哈薩克的首領闊克確結盟，闊克確以兄長的資格替他改名為「阿里曼別特」。

過了一段，阿里曼別特因思念父母，回貝京探望，卻仍未得到父王的諒解，但是得到慈母的支持。他們母子二人衝破父王的武力阻撓，離開了貝京。

阿里曼別特和他的母親在途中遇空吾爾的截擊，誤入敵人的七層大網，被丟進深深的地窖，經過 3 天的掙扎，阿里曼別特靠坐騎黃花馬的幫助，才逃出地窖。但這時，阿里曼別特的慈母已經去世了。

阿里曼別特回到闊克確那裡，他輔佐闊克確取得顯著的功績。使原有的 600 匹馬，一躍達到 6,000 匹。阿里曼別特雄心勃勃，一心想使哈薩克人強大起來，以便超過瑪納斯的實力。

但是因為他公正廉明，嚴懲營私舞弊，使一些不正派的官員對他十分嫉恨，並散布流言蜚語，誹謗他和闊克確的小妾有私情。

闊克確非常善良，但是只要一沾酒便昏昏然不能明辨是非了。他不但相信了讒言，而且深深刺傷了盟弟阿里曼別特的心。

盛怒的阿里曼別特決定離開闊克確。由於悲憤，阿里曼別特告別時，險些把闊克確的手捏斷，頭戴的猞猁帽被震得滾進了火塘。他本可一揮劍把闊克確剁成肉泥，但他還是原諒了對方，重新開始流浪生涯。

阿里曼別特漫無目的地在山間、林中徘徊，以坡為床，天幕為帳，鬱悶時沒有傾訴的對象。他思緒萬千，矛盾重重。他不能忍受闊克確的侮辱，但又希望多年之交的盟兄酒醒反悔，將他追回。可惜闊克確連醉多日，剛有點清醒，又被大臣們灌了烈酒。

阿里曼別特一日的路程三日走，仍翹首而盼，卻沒有看到闊克確的身影。朋友的背叛，使阿里曼別特深感人世滄桑，苦海茫茫，只有黃花馬在傾聽著他的嘆息：

我拋棄了金鑄的寶座，
扔掉了汗王的皇冠，
把頭顱和災難連在一起，
都是為實現我心中的理想。
可是我如今流落荒野，如果死去，
惡人會扒去我珍貴的衣衫，
大鳥會啄出我水晶似的眼睛，
老鴉會啄爛我的脊骨。

阿里曼別特在山間野地，無目的地經歷了長達 12 年的漫遊，終於在而立之年找到了理想的歸宿，那便是瑪納斯。

有一天，瑪納斯從他的最聰明的青年勇士阿吉拜那裡，得知將有一位身世顯赫、本領高強的克塔依王子，名叫「阿里曼別特」，穿過叢林，向柯爾克孜部落走來。他求賢若渴，天天到山坡上去觀望過往的行人。

一天，果然有位身披黑色大衣的外鄉人，儀表威武，令人不敢仰視。瑪納斯命人搭起寬大的帳篷，又派 5 位親信勇士去迎接，並說：「如若他不下馬來請安，我就讓你們身首兩斷！」

高傲的阿里曼別特，使 5 位勇士害怕，全靠阿吉拜說盡各種動聽的話語，終於使外來的王子理解，這是命運的安排，不得不先向瑪納斯屈尊跪拜。

瑪納斯心花怒放，立即起身，恭請王子坐在中間，贈以自己隨身的坐騎、戰袍和武器，這是對來客最隆重的禮遇。

瑪納斯和所有的英雄都熱情地挽留王子，共建大業。阿里曼別特非常感動，於是兩位英雄從此結成了盟友。

結盟以後，兩人一起去見瑪納斯的父母。瑪納斯的父親加克普和阿里曼別特如親生父子久別重逢，緊緊地擁抱，揭開王子的衣襟，不停地親吻他溫熱的身體。這是長輩初次見晚輩最親密的禮節。

瑪納斯的母親綺依爾迪有一對神奇的乳房，她第一次見到瑪納斯的神駒阿克庫拉時，乳房便突然脹痛，奶水如泉般噴射，用她的奶水拌小麥餵神駒，因此阿克庫拉既是瑪納斯的坐騎，又是他的同乳兄弟。

這次，老母親的乳房又噴射出潔白的奶汁，她讓兩兄弟吸吮，他們也成了同乳兄弟。

阿里曼別特換上了柯爾克孜人的新衣。為了瑪納斯的神聖事業，他把瑪納斯所贈之物，都一一歸還，並淚雨滂沱地表示死而後已的決心。

瑪納斯的妻子卡妮凱有一個妹妹，名叫阿茹凱，美麗聰慧有時勝過姐姐。她是卡拉汗在一次戰爭中所收的養女，通曉六、七種語言，對事很有預見，編織技藝為巾幗之冠。卡妮凱為促成妹妹與阿里曼別特的婚姻，動員公公加克普親自去求親。

加克普巴依手忙腳亂地做了路上的準備。第二天天亮，他就帶領著占卜師托略克和觀肩胛骨的算卦師阿拉坎，向著布哈拉縱馬抽鞭。

聽說加克普巴依就要來臨，引發了布哈拉人極大的好奇心，人們交頭接耳，議論紛紛。卡拉汗為了表達對親家加克普的尊敬，命人準備好宰殺的馬駒和駝羔。加克普在附近的阿寅勒下榻休息了兩天，按照約定的時間來到卡拉汗的宮廷。

卡拉汗派出 6 名侍從迎接加克普。侍從們牽住加克普的坐騎，扶助他下馬。後來，加克普經過數次商談，終於跟卡拉汗商量好了阿里曼別特和阿茹凱的婚事。

加克普回去之後，為了準備聘禮把部落裡有名的財主都請到了，要求在 9 天之內把聘禮備齊。

加克普率領汗王巴卡依、加木格爾奇和巴勒塔巨人，瑪納斯攜夫人卡妮凱及楚瓦克、色爾哈克等 40 位勇士與阿勒曼別特相伴而行，帶著豐厚的彩禮，趕著無數牲畜，浩浩蕩蕩地向布哈拉進發。

布哈拉的百姓見到這樣一支送聘禮的隊伍，開始很害怕。那一望無際的牲畜，好似要把大地踏翻。人們為了清點牲畜的頭數，累得大汗淋漓。還有金樹、銀樹、一個奶汁湖、一個酥油湖。凡是卡妮凱婚禮上欠缺的，這次都已補齊。

新郎新娘的氈房，大得像個中等城堡，裝飾極為華貴，不是銅鑄，便是銀鑲。這是空前盛大的婚禮，表現了柯爾克孜人對阿里曼別特的深情。

史詩多處用了大量感人肺腑的語言敘述兩位元盟兄弟的深情。阿里曼別特犧牲後，人們更是以不可抑制的悲痛，歌唱一位外族英雄。

這種特殊現象，不但流露了柯爾克孜族在民族紛爭的苦難中，渴望民族之間的友誼和團結，而且他們還用自己寫詩的才華，報償了一位外族兄弟的深情厚誼。

這不是個人之間的感情，這反映的是弱小民族共同的歷史命運。阿茹凱與阿里曼別特婚禮之隆重，也加固了這種帶有象徵意義的聯盟。

【旁注】

結盟:結成同盟。在戰爭中，結盟有利於戰爭的勝利，而且越是緊密的聯盟就越有利於贏得勝利。所以在戰爭中，選擇一個好的盟友是至關重要的。

帳篷：撐在地上遮蔽風雨、日光並供臨時居住的棚子。多用帆布做成，連同支撐用的東西，可隨時拆下轉移。在古代，由於帳篷方便攜帶，在行軍打仗時被經常使用。

巾幗：由來是古時候的貴族婦女，常在舉行祭祀大典時戴一種用絲織品或髮絲製成的頭飾，這種頭巾式的頭飾叫「巾幗」，其上還裝綴著一些金珠玉翠製成的珍貴首飾。

因巾幗這類物品是古代婦女的高貴裝飾，人們便稱女中豪傑為「巾幗英雄」，後人又把「巾幗」作為婦女的尊稱。

【閱讀連結】

《瑪納斯》中，除了瑪納斯和英雄阿里曼別特外，還塑造很多英雄形象。瑪納斯身邊有 14 位汗王，40 名勇士。

他們之中，有智慧長者巴卡依汗，有勇猛善戰的楚瓦克，有智勇雙全的阿勒曼別特，有容貌俊美、能言善辯的阿吉巴依。他們個性鮮明，各有不同的本領，但是在征戰中，他們與瑪納斯並肩作戰，同舟共濟。

沒有這個英雄的群體，瑪納斯不可能取得如此輝煌的戰績，《瑪納斯》這部史詩也不可能如此氣勢磅礴恢弘。

爲了正義七次遠征出戰

在《瑪納斯》中，戰爭的描述占了絕大多數。這些戰爭都是柯爾克孜族人反抗掠奪和奴役，為爭取自由和幸福生活鬥爭的真實寫照。

這不僅表現了被奴役的柯爾克孜不可戰勝的精神面貌，還歌頌了柯爾克孜族人民對侵略者的反抗精神和鬥爭意志。

瑪納斯一生中共經歷了 7 次遠征。瑪納斯第一次征服的對象是卡勒瑪克人之中強悍的首領空托依。空托依的部落長期靠掠奪為生，隊伍精壯，生活富裕，柯爾克孜人的家鄉被他們強占。聽說瑪納斯要為柯爾克孜人報仇，他們立即按軍事組織千人一營地布滿了草原。

空托依的將士訓練有素，威風凜凜，不可一世。瑪納斯的隊伍剛與之交鋒，便是一場惡戰，無論是老將還是小將，都敗於空托依之手。

直至瑪納斯親自出陣，才用長矛刺中了強敵，頓時轉敗為勝，使敵人大亂陣腳，丟盔棄甲，狼狽逃遁。空托依的部落被擄掠一空，柯爾克孜人獲得了許多戰利品。

瑪納斯見此情景十分不安，向巴卡依老人進言：「擄掠人民的財產，那是暴軍們做的事情！凌侮可憐的百姓，那是空托依汗的本領。」

瑪納斯主張大家不要戰利品，分給眾百姓，讓戰敗一方的百姓們仍舊安居樂業。但是老英雄巴卡依、巴里塔、加木額爾奇等人都不以為然，覺得連戰利品都沒有，還算得什麼勝利。

因為未能分得戰利品，老將們滿懷氣憤地離去了。瑪納斯的意見卻得到青年夥伴們的支持。卡勒瑪克的百姓們把瑪納斯與空托依做了比較，他們從心裡擁護瑪納斯，也都想歸順瑪納斯。

瑪納斯第二次出征是攻打卡勒瑪克的肖魯克汗。瑪納斯殺死空托依之後，本來約法三章，只要卡勒瑪克人好好過日子，就不為難大家。可是有個阿牢開汗，鼓動人們席捲而逃。

受到鼓動的卡勒瑪克人一夜之間全部逃走了，留下的只有空空的氈房和無人看管的牲畜。卡勒瑪克人逃到肖魯克那裡，肖魯克為了替空托依報仇，故意騷擾柯爾克孜的友鄰哈薩克人。瑪納斯聞訊，火速堵截，而且大獲全勝，肖魯克死於瑪納斯的長矛之下。

柯爾克孜人衝進他的宮廷，發現他的女兒娜克拉依正在園中散步。她長相貌美，隨身有 40 個侍女，全部被楚瓦克當戰利品掠回。娜克拉依歸瑪納斯所有，其餘的侍女，都和別的勇士們結成良緣。

瑪納斯第三次出征別特巴克套地區的巴迪闊里汗。巴迪闊里屬於卡勒瑪克人一支的芒額特人。巴迪闊里趁大汗王秦額什率軍西征之機，占領了別特巴克套、塔吉克、卡里哈、土庫曼等地方，並到處搶掠財物和牛羊。

瑪納斯的親姐夫卡爾瑪納斯的牧場和巴迪闊里占領的地區很接近。卡爾瑪納斯懼怕巴迪闊里的強大，曾派使者去求和，表示願意交納賦稅錢糧，只求不要騷擾安居的百姓。

由於瑪納斯連續刺死了卡勒瑪克的兩個汗王，巴迪闊里汗一腔仇恨不由得向卡爾瑪納斯發洩，不但沒有接受求和的要求，還對使者盡情辱罵，發誓要占領柯爾克孜人的家鄉，要搶回娜克拉依公主和 40 名侍女，要用鐵蹄血洗柯爾克孜的村莊。

卡爾瑪納斯見求和無望，被迫積極備戰，並向瑪納斯求援。於是巴迪闊里和瑪納斯在別克特巴套交鋒。儘管巴迪闊里汗頭戴金盔，身穿鐵衣，輜重武器齊全，依然沒有逃脫死於瑪納斯之矛的厄運。

瑪納斯第四次征戰，是與哈薩克人聯合征服卡勒瑪克人，會戰地點在阿拉尼克，起因是卡勒瑪克人的一支，康卡依人的汗王多魯斯汗與兌汗擄掠了哈薩克的部落，使其春不能耕，夏不能牧，無家可歸。

哈薩克的闊克確汗與玉爾必汗向瑪納斯求援。瑪納斯出陣，敵人轉優勢為劣勢，難以招架。兌汗手下有馴象師，受命放出了32頭大象，大象的鼻端綁著鋒利的尖刀，把柯爾克孜人與哈薩克人衝得人仰馬翻。其中最凶猛的象領隊叫依姆。

依姆的身架簡直像一座山，腳著地「咚咚」作響，一踩一個坑。依姆一聲怒吼，欲把瑪納斯撞倒，結果卻被瑪納斯的寶劍砍倒在地。領頭象一死，受了驚的象群自行潰逃，再也不聽馴象師的指揮。

康卡依人惱羞成怒，又使用幻術，天降一張大網罩住了瑪納斯。瑪納斯運足渾身力氣，把鐵網掙開，斷成碎片。兌汗被勇士們打死，他的女兒卡拉別爾克本是位女英雄，曾經發過誓，誰能戰勝她，她就嫁給誰。

卡拉別爾克沒有取勝瑪納斯，便向瑪納斯表示了心願。瑪納斯沒有搭理，她在後面緊緊追趕，一直追到瑪納斯的家鄉，當了他的第二個美女妻子。

瑪納斯戰敗的多魯斯逃到塔什干，與卡勒瑪克的另一汗王卡爾洛夫結盟。瑪納斯決定繼續向塔什干進軍，這便是瑪納斯的第五次出征。

卡爾洛夫推行強制作戰的命令，而他的部下卻有厭戰情緒，所以首戰即失利。卡爾洛夫欲行緩兵之計，向瑪納斯要求停戰半年。瑪納斯答應了這個要求，也拒絕了敵人向瑪納斯供應糧草的條件。

瑪納斯把隊伍帶進叢林安營紮寨，那裡有奇禽異獸，可以狩獵。他還帶著勇士們伐木做犁，迎春播種，鞣皮革做套具，翻開了沉睡的土地，修水渠，種莊稼，換來了大地一片新綠。

半年已過，瑪納斯的隊伍再次向塔什干進軍。因為卡爾洛夫暴戾成性，迫使老百姓紛紛投奔瑪納斯。一群烏合之眾，擋不住瑪納斯的進攻。結果，多魯斯被殺，卡爾洛夫落荒而逃。瑪納斯請盟友烏茲別克的汗王森奇別克管理塔什干。

這次出征取勝以後，柯爾克孜人過了幾年安居的和平生活。瑪納斯為了不使大家忘卻戰爭，突然召集 40 個勇士外出狩獵。他們翻過阿拉套大山，走了 15 天的路程，到達曲依城。

這裡依山傍水，山無溝壑，土地肥沃，綠茵平整，氣候宜人，比起他們的家鄉撒瑪律汗更宜於放牧。於是瑪納斯遷徙。經過這次大遷徙，曲依城便是他們的久居之地，改名為「塔拉斯」。這是瑪納斯除征戰之外，一生所完成的一件大事。

瑪納斯第六次出征游牧人克依巴的統治者秦阿恰。秦阿恰作戰無數次，所向無敵。過去曾有 60 名英雄死於他手下。

這次，秦阿恰因受空吾爾煽動，掠奪了克依巴，使這些手無寸鐵的游牧人無家可歸，只好逃到塔拉斯投奔瑪納斯，並得到了牲畜和落腳的地方。

可是不久便傳來噩耗，凡是柯爾克孜的部落，都遭到秦阿恰襲擊，瑪納斯決定非出征不可。

秦阿恰養了兩個魔法師，能呼風喚雨，降下大雪冰雹，幾乎使瑪納斯的軍隊陷於絕境。幸好此時瑪納斯已與異族英雄阿里曼別特結盟。

阿里曼別特掌握 72 種魔法，能讓天空變換 6 次顏色，能讓寒風向秦阿恰的人馬猛颳，使敵人那邊滿地冰雪，滿樹結凌。隨之又紅日高照，冰雪融化為洪水，滾滾波濤淹死秦阿恰的人馬。

秦阿恰的隊伍在洪流中沉浮，怨聲不休。他本人在與瑪納斯直接交手時，對瑪納斯超凡的武藝，從心底裡發出讚嘆。他領教之餘，甘願掛出免戰牌，就是在脖子上懸掛腰帶，躬身屈膝，跪倒塵埃。

這 6 次征戰都展現出了瑪納斯的英勇，和柯爾克孜族的勇士不畏犧牲、勇敢戰鬥、保護族人的精神。

對於瑪納斯最後一次征戰，也就是第七次征戰，更加展現出柯爾克孜族人們的戰鬥精神。

第七次遠征是《瑪納斯》重點敘述的一場戰爭。這次與前 6 次有很大的不同，不僅規模大，而且是勇敢與智慧的雙重較量。真正的敵人是卡勒瑪克的空吾爾，但直接交鋒卻不是空吾爾，而是他的傀儡艾散。

在史詩中，克塔依人的都城在貝京，空吾爾統治的地方是康卡依，兩者唇齒相依。空吾爾的父親阿牢開曾是迫害柯爾克孜人的卡勒瑪克統治者，被瑪納斯趕走後，逃到兒子那裡去了。

空吾爾時刻想為父復仇，曾派人暗殺過瑪納斯，陰謀未逞。他跟艾散汗結盟，是為了從中挑撥克塔依人與柯爾克孜人的關係。

空吾爾跟艾散真正聯盟以後，空吾爾對艾散不僅不尊重，而且日益暴露了蠶食的野心。他對艾散的控制、辱罵，都極大地傷害了克塔依人的自尊。空吾爾還經常突然襲擊柯、哈兩族，掠人當奴隸，使瑪納斯感到遠征康卡依和貝京，勢在必行。

為了遠征，以瑪納斯為盟主的內七汗與外七汗召開了會議，共同商討遠征事宜，這是當時的最高軍事會議。

巴卡依老人是內七汗之一，地位僅次於加克普，是瑪納斯的親叔叔。這次出征，被任命為統帥。也許因為巴卡依年老了，也許因為連續出征取勝，人們滋長了自滿情緒。

一路上，儘管人流滾滾，卻渙散得令人吃驚，有的離隊狩獵，有的下河摸魚，有的下棋，有的玩其他遊戲。

而且，從塔拉斯到貝京，地形多變。第一條路，翻山越嶺，需要 5 個月。第二條路，敵人有重兵把守。第三條路很崎嶇，不能騎馬，只能步行。第四條路山高路險，雲霧茫茫。第五條路是大戈壁。只有阿里曼別特熟悉。巴卡依深感自己不能勝任，提議改任阿里曼別特掛帥。

阿里曼別特看著渙散的軍隊憤怒了，說道：「豹子瑪納斯，你在哪裡？難道你就如此治軍帶兵？快讓玩棋的把棋子扔掉，讓睡覺的快快睜開眼睛！」

阿里曼別特上任後，整頓軍紀，賞罰分明，軍中編隊整齊，只要有一人掉隊便能發現。即使君王瑪納斯也得聽從他的安排，跟普通士兵一樣編入隊伍，上花名冊。按計畫行軍，任何人不能隨意休息。阿里曼別特總是身先士卒，使戰爭連連獲勝。

剛進入駐地，阿里曼別特與勇士楚瓦克成功地襲擊了空吾爾的大馬場，一次便獲駿馬 90,000 匹。雙方為了爭奪馬群，展開了肉搏戰，空吾爾逃走，敵人屍積如山，拉開了遠征大戰的序幕。

艾散汗養了一個獨眼巨人，叫「瑪開里」，眼睛長在額頭上，騎的犀牛有千尺高。一次能吃萬頭毛驢，還有青蛙、蛇和蟲子。他跨海如履平地，行動如一座大山在移動。

這一巨怪向柯爾克孜人走去，誰也無法降伏，使阿里曼別特大傷腦筋。最後決定向獨眼射擊，果然，巨怪昏昏沉沉，終於死去。掃除了障礙，征戰一直很順利。

艾散汗內部有一批反戰派。這些人身處將軍之位，他們的兒子因一次偶然的機會，在荒野中受到柯爾克孜軍隊的照顧。這些少年安全回到家裡，都一致勸說自己的父親不要跟瑪納斯作對。

艾散汗見外有大軍壓境，內部的實力派不參戰，空吾爾不公開露面，不得不議和。可是在議和的過程中，糊塗的艾散汗卻放跑了柯爾克孜的真正敵人空吾爾，留下了無窮的後患。

不過，在和談中，艾散汗表現出極大的讓步。作為己方的首席代表，他向對方的首席代表獻上了金銀財寶和兩個美女，其中一個美女是他特別心愛的，另一美女則是一位將軍的女兒。

艾散汗表示願將其國土通夏地方讓出來，都城貝京向柯爾克孜人開放，他自己則遷到另一個叫坎吞的地方去。他還表示，為了和談，要他交出王冠也願意。這使瑪納斯很滿意，決定將玉爾必留下管理貝京。大軍準備班師。

戰爭的勝利使柯爾克孜族人們沉醉在狂歡中，除了阿里曼別特之外，上自瑪納斯，下至士兵，都麻痹大意，喪失了警惕，一心只等著回塔拉斯。

豈知，潛遁的空吾爾，並不甘心就此甘休，神不知鬼不覺地挖了一條很長很長的地道，直通瑪納斯的營地，並在一個黑夜潛入了瑪納斯的軍營。

這時，瑪納斯正在看人們遊戲，空吾爾突然用一把浸過毒汁的戰斧，向瑪納斯腦後劈去。瑪納斯見亮光一閃，才覺得後腦奇癢，不能安眠，並發現一把戰斧嵌在上面，且傷口很大，任何人也拔不出戰斧，軍營中也找不到可治斧傷的良藥。

眾將領決定派人悄悄地把君王送回塔拉斯。為了迷惑敵人，由瑪納斯的同父異母兄弟色爾阿克喬裝君王，暫坐寶座。

空吾爾見敵營平靜無事，簡直懷疑自己動手時看錯了人。不久，才得知瑪納斯已經返回。於是他以重金請到一個名叫「什普選依達爾」的最凶惡的神箭手兼神槍手。

此人百發百中，是阿里曼別特的同師學藝的師兄，且深通魔法。他專射對方的頭顱和眼睛，凡被射中者，絕無生還的可能。

空吾爾召集了全部落的人，帶上什普選依達爾，去追趕護送瑪納斯的隊伍。雙方惡戰了 15 個晝夜，瑪納斯一方接連有 5 個最重要的大將被射死，他們是闊克確、阿吉拜、色爾阿克、楚瓦克，還有統帥阿里曼別特。

阿里曼別特勸瑪納斯儘快回塔拉斯，瑪納斯實際上卻一直未離開戰場，增加了統帥的負荷。楚瓦克頭顱中箭以後，阿里曼別特馱上他的遺體，就在即將躍馬的剎那間，一支毒箭正中他的太陽穴。

他堅持向前走去，想最後看一眼君王，不幸還沒等到負傷的瑪納斯趕到，他已閉上了雙眼，走完了他英雄的征途。

這一噩耗傳遍軍營，無不悲慟。瑪納斯立即感到斷了手一樣，又好似一團火光已經熄滅。壯志未酬身先死，瑪納斯大放悲聲！瑪納斯英雄蓋世，一下失去那麼多親密的戰友，是他一生中最大的打擊，猶如無翅之鷹，孤掌難鳴，悲痛欲絕。

在重創之下，瑪納斯端起了獵槍，把敵人打得似慌亂的蟻群。他逝世前，曾對自己做了評價：

我即將走完一生的里程，我怎樣估計自己？我聚集了40多個少年，把他們由雛鷹培養成勇士。

我們都堅強地戰鬥，殲滅敵人。我把受盡苦難的柯爾克孜人，由受壓迫的奴隸變成了強大的民族。

現在這一切都煙消雲散了。我就要跟大家訣別，即將離開人世！

在《瑪納斯》的人物體系中，英雄瑪納斯的形象塑造得相當成功。瑪納斯是一位勇猛剽悍、能征善戰、性格放蕩不羈的勇士。

他大吼一聲，則山崩地裂，洪水洶湧，黑雲翻滾，閃電雷鳴。他揮舞長矛利斧衝入敵陣，所到之處人頭落地，屍體如山，血流成河。

聽到瑪納斯的名字，敵人魂飛魄散。瑪納斯既有蓋世的勇力，輝煌的戰績，也有慘痛的失敗，狼狽的處境。在史詩的人物畫廊中，瑪納斯是一位充滿原始熱情與新鮮活力，具有特殊藝術魅力的英雄形象。

在瑪納斯率領下所進行的波瀾壯闊、氣勢宏偉的反抗異族侵略的戰爭，使史詩《瑪納斯》具有真正的民族史詩性質。

【旁注】

長矛：一種冷兵器，類似長槍，比長槍更長，真正意義上的長矛長度一般為五、六公尺，主要由步兵使用。進攻時為方陣，前排士兵長矛向進攻方向持平，第二排士兵將長矛於前排士兵相隔間隙處向前持平亦可略微向上傾斜，後續方陣士兵依次將長矛前傾。

花名冊：「花名」就是「綽號」的意思。舊時登錄戶口冊子，把人名叫作「花名」，戶叫作「花戶」。花，言其錯雜繁多。「花名冊」即由此而來。也特指軍隊或船隊的官兵名冊。

犁：一種耕地的農具。由在一根橫樑端部的厚重的刃構成，通常繫在一組牽引它的牲畜上，也有用人力來驅動的，用來破碎土塊並耕出槽溝，從而為播種做好準備。

魔法師：指可以驅使某種神祕力量的人群。魔法師的名字有很多，我們可以叫他們巫師、女巫、男巫、占卜者、預言家等。

太陽穴：穴，就是人體穴位，是指人體臟腑經絡氣血輸注出入的部位，是針灸治療的刺激點，又是某些病痛的反應點。太陽穴在耳郭前面，前額兩側，外眼角延長線的上方。太陽穴在中醫經絡學上被稱為「經外奇穴」，也是最早被各家武術拳譜列為要害部位的「死穴」之一。

【閱讀連結】

《瑪納斯》塑造的瑪納斯的英雄形象，謳歌了瑪納斯的各種優秀特質。

在史詩中，瑪納斯一生所從事的氣吞山河的事業，全是為了自己的民族與人民，他既真摯善良，又粗獷狂放，是一位性格飽滿的英雄人物。而且，史詩同樣沒有掩飾他的缺陷，將他塑造成了一個有血有肉的人物形象。

　　在史詩中，瑪納斯有時表現得勇而少謀，剛愎輕敵，甚至連親人的勸告也聽不進。例如瑪納斯不聽愛妻卡妮凱的勸告，要遠征克塔依人，以致於重傷逝世。

瑪納斯後代的英雄事蹟

瑪納斯逝世後，柯爾克孜族人民重新陷於災難之中。後來，瑪納斯的後代為了柯爾克孜族的人民的幸福生活，帶領人們投入了戰鬥。

說唱藝人們透過瑪納斯後裔共 8 代的戰爭經歷，組成了史詩《瑪納斯》的後 7 部。

《瑪納斯》的第二部名為〈賽麥臺依〉。賽麥臺依是英雄主角瑪納斯的兒子。

英雄瑪納斯的葬禮剛結束，一場家族內鬨爆發，瑪納斯的同父異母兄弟阿維開與闊別什在父親加克普的指使下，陰謀要將瑪納斯之子賽麥臺依扼殺在搖床之中，奪取王位。

卡妮凱聞訊後帶著兒子賽麥臺依逃到布哈拉娘家，從此柯爾克孜部落的政權被阿維開、闊別什所篡奪。這兩個人奪得政權之後，殘酷地迫害忠實於瑪納斯的勇士和部落首領，對廣大柯爾克孜群眾更是野蠻統治和殘酷壓榨，柯爾克孜人民又陷入水深火熱之中。

賽麥臺依在 12 歲時，得知自己的身世後毅然返回故鄉，並在巴卡依老人的幫助下剷除內奸，重振柯爾克孜族大業。

青考交與托勒托依勾結在一起，以重兵包圍了阿昆汗的城堡，企圖強娶阿昆汗之女、賽麥臺依指腹為婚的美麗的仙女未婚妻阿依曲萊克。

在敵人重重包圍城堡的緊急關頭，阿依曲萊克化為白天鵝飛上藍天，去尋找未婚夫賽麥臺依。她用各種神奇的變化法術把賽麥臺依及其兩位貼身的勇士古里巧繞和坎巧繞帶到城堡。

賽麥臺依率領勇士們與敵人展開血戰，最後殺死了青考交和托勒托依，並與仙女阿依曲萊克結婚。

克塔依部首領空吾爾巴依在經歷了與瑪納斯的別依京大戰之後，元氣大傷，經過 12 年的休養生息之後，又組成一支勁旅，他趁賽麥臺依羽翼未豐之時，再次進犯柯爾克孜部族，將賽麥臺依困在城堡中。

史詩中，英雄主角賽麥臺依公正、善良、勇敢無畏、感情熾烈，真誠的形象與賈克甫、阿維開、闊別什等的形象構成鮮明的對比。

史詩融氣勢宏偉，震撼人心的激烈戰鬥場面與抒情的愛情描述於一體，成為柯爾克孜族民間文學的典範之作。賽麥臺依與阿依曲萊克的愛情故事，成為千古絕唱，被世代「瑪納斯奇」頌揚。

第三部〈賽依臺克〉，描述第三代英雄賽麥臺依之子賽依臺克嚴懲內奸，驅逐外敵，重新振興柯爾克孜族的英雄功績。

《瑪納斯》第三部在內容上與第一部、第二部相呼應。其中前半部大部分內容還是第二部中的主要人物的活動，如坎巧繞與克亞孜相勾結叛亂活動以及篡位後對賽麥臺依的妻子阿依曲萊克、勇士古里巧繞、巴卡依等人的迫害等。

既有一定的獨立性又與前兩部有十分密切的連繫。主題思想與前兩部史詩一樣，反映英雄主義、保衛家鄉精神，表現了主角賽依臺克在內憂外患之中英勇抗爭，並拯救流落他鄉受苦受難的人民的英雄事蹟。

賽依臺克還未出生，其母親阿依曲萊克就淪為克亞孜的奴隸。她想方設法與克亞孜周旋，把女巫變成自己的替身去陪克亞孜睡覺，自己則一心一意保護著腹中的胎兒。

怕引起克亞孜的懷疑，阿依曲萊克用法術將賽依臺克在體內懷了 3 年多才讓其出生。

當克亞孜懷疑賽依臺克是賽麥臺依的遺腹子，千方百計想殺害他，阿依曲萊克歷經千辛萬苦，憑藉智慧和勇敢，保護撫養賽依臺克長成大人。

賽依臺克 12 歲時按照阿依曲萊克的計謀，再三請求克亞孜同意他上山管理馬群，阿依曲萊克利用兒子管理馬群之便，請來英明神醫為古里巧繞治療肩胛骨使他恢復元氣。

賽依臺克在巴卡依、古里巧繞等的幫助下，經過苦戰，殺死了把性命寄放在羚羊體內、木箱中、麻雀身上的克亞孜。回到故鄉後，處死篡權者坎巧繞，報了殺父之仇，重新奪回汗位，使人們重新獲得幸福生活。

卡妮凱始終不相信兒子賽麥臺依死去的消息，她預測如果老英雄闊少依的老馬能在競賽中獲頭獎，賽麥臺依就還在人間。

於是，在一次慶典賽上，她讓老英雄闊少依的坐騎塔依託茹駿馬參賽，塔依託茹獲頭獎並證實了她的預測。後來卡拉朵發現了賽買臺依與卡依普山中的仙女一起出沒的蹤影，並將此喜訊告知古里巧繞、巴卡依、卡妮凱、阿依曲萊克。

古里巧繞等找到了賽麥臺依並用各種法術神力恢復了賽麥臺依的神智使他重返人間。薩日巴依為了替祖父巴迪闊勒、父親獨眼龍瑪德庫里報仇雪恨，向賽麥臺依、賽依臺克挑戰，在較量中砍傷賽麥臺依的胳膊。

賽依臺克在戰爭中幾次險遭敵人謀害。母親阿依曲萊克為此焦慮不安，請來卡依普山中的善戰女神庫婭勒助戰。

賽依臺克便在庫婭勒和阿敏的幫助下多次擊退敵人進攻，保衛了柯爾克孜人民的利益，重振瑪納斯家族雄風。最後，賽依臺克與善戰女神庫婭勒結為夫妻，並肩戰鬥，共同保衛柯爾克孜民族。

〈賽依臺克〉有很多變體在民間流傳，其中較完整的是居素普．瑪瑪依的唱本。作為整部史詩的第三部，〈賽依臺克〉是一部具有很藝術性和研究價值的作品，在 8 部史詩連貫性方面起承上啟下的重要作用。

第四部〈凱耐尼木〉，述說第四代英雄賽依臺克之子凱耐尼木。

凱耐尼木是瑪納斯家族中第四代英雄，是賽依臺克之子，女神庫婭勒所生。他繼承了父親的巨人體魄，又具備了母親善戰的本領。一生戰鬥不息，戰功顯赫。

為了人民的利益多次與惡魔般的敵人決戰，最終消滅強敵，讓生活在水深火熱中的人民帶來幸福美滿的生活。

史詩中敘述他先後與以人肉為食的秦額什、精通魔法，在世上活了 8,000 年的蛇頭石身魔王居仁多等、為人民帶來無數災難的巨人進行鬥爭，最終取得勝利的英雄事蹟。

凱耐尼木出生後，一直至 7 歲，食量驚人，卻不會走路，如痴如呆。凱耐尼木 9 歲時，駝隊有人來報，在阿依託別，阿依吐木什人的首領秦額什殘害百姓，生吞活人。

其祖父賽麥臺依與古里巧繞、闊勒木薩爾克、庫婭勒等眾英雄出征，討伐吃人魔王秦額什，反被秦額什用魔法將賽麥臺依一行人馬誘入深山，圍困在山澗魔鬼湖上。

消息傳開，躺在床上的凱耐尼木突然奇蹟般跳起來，跨上坎庫拉駿馬，連根拔起一棵柳樹，當作武器，橫掃敵軍，把賽麥臺依等人救出魔窟，平安回到塔拉斯。

之後，凱耐尼木殺死居仁多，啖其舌頭，頓時，他通曉了世間萬物之語言。他與魚王結盟，與神鳥交友。最後，殺死了秦額什，帶上了秦額什之女綺妮凱回塔拉斯。

不久，巴卡依、卡妮凱、賽麥臺依、阿依曲萊克、古里巧繞等人在一次大戰中驟然消失。塔拉斯遭暴風雨襲擊，人畜死亡，凱耐尼木病臥在床。

此時，卡勒瑪克人、伊斯法罕人聯合進犯柯爾克孜地區，凱耐尼木不顧大病初癒騎馬出征，打敗了敵人，生擒了罪大惡極的達比塔依，懲處了背叛人民的薩拉瑪特，保衛了家鄉人民的安寧。

凱耐尼木是個最具有神話色彩的人物，他神威蓋世，通萬物之言，知萬物之靈，又具有震懾萬物的威嚴。

他是一名戰無不勝、攻無不克的常勝將軍，自從他9歲下地走路起，活了百餘年，打了百餘次仗，幾乎從未打過敗仗。因而被稱作「黃臉死神」，無論是巨人、妖魔鬼怪，只要與他交手，定是死路一條。

在這部史詩中，凱耐尼木剷除暴君克斯萊提一節極具特色，幾乎成為整部史詩中戰爭描寫的典範，以及人民性主題史詩的典範。

他又是一個跨越三部史詩的重要人物，成為瑪納斯家族中三代人的主心骨和保護神。凱耐尼木的母親是善戰女神庫婭勒，因而在他身上反映出很多神話色彩極濃的事蹟和表現。

瑪納斯奇以豐富的想像力，在他身上注入的神話因素，不僅表現在其外貌和行動上，而且表現在其坐騎、兵器、鎧甲以及他身邊的一切事物中，使他生活在神話世界之中，〈凱耐尼木〉成為全部《瑪納斯》中神話色彩最濃的一部。

第五部為〈賽依特〉，講述第五代英雄凱耐尼木之子賽依特斬除妖魔，為民除害的事蹟。

凱耐尼木之子賽依特從小隨父出征，為家鄉和人民的安寧進行英勇的鬥爭。9歲起就代父出征，統率千軍萬馬，與強敵進行英勇的搏鬥。

賽依特先後到過科爾科特、庫都斯、巴格達等地，征討搶掠人民財產、搶占民女的巨人卡拉朵，經殘酷的搏鬥，終於殺死巨人卡拉朵，救出了被囚禁的美女阿勒特納依、確勒波納依，以及科爾科特汗王蘇萊瑪特和其女克勒吉凱，使親人們獲得自由並與家人團聚。

賽依特對蘇萊瑪特之女克勒吉凱一見鍾情，傾心愛慕，真誠地向蘇萊瑪特求親。但是蘇萊瑪特不但不感激賽依特的救命之恩，而且設置種種障礙，提出種種苛刻的難題，意欲阻止這門美好的婚姻。

蘇萊瑪特要求賽依特去大海彼岸的青色墳墓中取來寶石、抓來難以到手的鳳凰，並要求在婚禮中除了舉辦各種遊戲外，還要用魚宴招待賓客。

賽依特在心上人克勒吉凱的幫助下，經過無數次磨難，不但取來了寶石，抓來了金鳳凰，作為聘禮，送給蘇萊瑪特，而且還將取來的大量金銀發送給百姓。

同時賽依特還從巨人卡拉朵的囚籠中救出神鳥。在勇士比賽中連獲三項冠軍，並以盛大的魚宴，熱情款待了四面八方的客人。

這一切，雖贏得了公主克勒吉凱的愛情，但蘇萊瑪特仍然不甘心就這樣把女兒嫁給賽依特。他勾結卡拉朵巨人的兒子，聯合居仁多的 7 個兒子及 7 頭女妖帶領兵將，在賽依特與克勒吉凱回塔拉斯的路上進行堵截追殺。

7 位巨人和 7 頭女妖暗中設置重重障礙都被賽依特和妻子克勒吉凱設法以智慧和神力化解。在這種情況下，他們又將賽依夫婦騙至人跡罕至，進得去出不來的紅色沙漠之中，以各種魔法進行較量。

這是一場鬥智、鬥勇、鬥法的大戰，又是一場正義與邪惡、美與醜、善與惡之間的大決鬥，這場戰鬥在《瑪納斯》中被稱作〈紅沙漠之戰〉，是全詩中最有影響的大戰之一，且有多種變體流傳。

在紅沙漠大戰之中，賽依特與愛妻克勒吉凱並肩攜手，進行了一場驚天動地的大決戰，最後戰勝了眾魔，殺死了 7 位巨人和 7 頭女妖，雙雙回到塔拉斯。

賽依特回到塔拉斯後，又出兵援助柯爾克孜節迪蓋爾部，打敗了來犯之敵，之後又多次戰勝了形形色色的敵人，保衛了柯爾克孜族各部落人民的平安，使人民過著幸福歡樂的生活。

賽依特在 22 歲時，又想重蹈祖先瑪納斯的覆轍，舉兵遠征別依京。父親凱耐尼木據理勸告，他始終聽不進去，最後在出兵途中因火槍走火而喪生。

第六部〈阿斯勒巴恰、別克巴恰〉，講述阿斯勒巴恰的夭折及其弟別克巴恰如何繼承祖輩及其兄的事業，繼續與卡勒瑪克的統治鬥爭。

22 歲的賽依特死後，柯爾克孜部落由父親掌管。不久賽依特的妻子克勒吉凱生下了賽依特的遺腹子雙胞胎阿斯勒巴恰和別克巴恰，這兩個孩子在祖父凱耐尼木的照顧下成長。

當兄弟兩個長到 12 歲時，祖父便將治理國家的大事交給兄弟兩個共同執掌。兄弟二人在祖父輔佐下，團結奮鬥，兢兢業業，將柯爾克孜部落治理得國力殷實，人民富庶，百姓安居樂業。

阿斯勒巴恰 15 歲時，便騎馬出征，不僅有著瑪納斯的威嚴，而且有眾多保護神緊隨左右，鞍前馬後，進行護佑。

當阿斯勒巴恰得知薩克恰克等 5 位勇士陰謀破壞先祖

瑪納斯的陵墓時，就奮不顧身地單人獨騎與 5 位勇士展開了搏鬥，並殺死了 5 位勇士，保衛了瑪納斯的陵墓，從而更受柯爾克孜人的擁戴。

後來阿斯勒巴恰又與妖術多端的克孜勒克孜鬥智、鬥法，展開較量，並戰勝了這位詭計多端的妖女。在他 25 歲時，在戰場上被闊勇阿勒普誤殺。

祖父凱耐尼木悲痛萬分地把國家大事全部交給別克巴恰後，抱著阿斯勒巴恰的屍體奔出了宮殿，消失在冰山雪嶺之中。當凱耐尼木抱著阿斯勒巴恰的屍體消失後，別克巴恰也懷著悲痛繼承了哥哥未竟的事業，承擔獨立治理國家的重任。

由於王兄的不幸逝世，別克巴恰想到了從祖瑪納斯起，幾百年來，為柯爾克孜族人民的安居樂業英勇奮鬥犧牲的幾代英烈，為此他在汗國內舉行了一次全民族的盛大祭典，以祭祀、悼念 40 多位英靈。

祭典不僅使柯爾克孜各部以及鄰近其他部落人民的團結更加堅強，而且在祭典中擊敗了杭愛山五部的搗亂和破壞，殺死了企圖搶掠柯爾克孜、哈薩克部的強敵奧托爾和吐克突庫爾特，壯大了柯爾克孜部的聲威。

青年別克巴恰以非凡的英雄氣概，先後戰勝了卡勒瑪克、唐古特、芒額特等部的武裝入侵，保衛了柯爾克孜部落的安全。

後與阿克芒額達依結為夫妻。不久又率軍抗擊瑪德勒、卡勒德克及八頭妖魔的入侵，經過幾番殊死的苦戰，終於剷除惡魔，為民除害。

為了追擊敵人，別克巴恰在最後在一次遠征中身負重傷，並被狠心的前妻在他的洗澡水中放入毒藥。別克巴恰雖未立即死去，但因中毒後全身奇癢難禁，在返回的路上不停地在樹身上蹭、在石頭上磨得皮開肉綻，血肉模糊，被坐騎馱回家後身亡。

別克巴恰是一個悲劇式的人物，在他身上充滿了悲劇色彩。他雖然對部落、對人民、對上對下充滿了親情和友愛，處處與人為善，為群眾做好事，且又具有超人的英雄氣概和戰勝一切強大敵人的能力，但他不是壯烈地戰死沙場，而是被自己曾經鍾愛過的人所害。

詩中融入了大量的柯爾克孜族神話及民間文學的古老母題，神話、幻想與現實交融，使別克巴恰成為十分生動感人的形象。具有強烈的英雄主義氣概和悲劇特色，這既是別克巴恰的特點，也是本部史詩的特色。

第七部〈索木碧萊克〉，講述第七代英雄別克巴恰之子索木碧萊克如何戰敗卡勒瑪克、唐古特、芒額特部諸名將，驅逐外族掠奪者。

別克巴恰死後，其妻阿克芒額達依悲痛萬分，痛不欲生，在她生下別克巴恰的遺腹子後，便離開人世。成為孤兒的索木碧萊克被其舅父領走，祕密收養。

別克巴恰和阿克芒額達依死後，柯爾克孜部落因無主而又陷入了混亂之中，內部沉渣泛起，企圖復辟；外部強敵蠢蠢欲動，企圖重新侵入柯爾克孜部落，統治和奴役柯爾克孜群眾。

當芒額特人卡勒都別特長大成為英雄後，知道了芒額特人和唐古特人與柯爾克孜族有五世之仇，自己的汗王父親就是被柯爾克孜人殺死的。

他聽說柯爾克孜英雄別克巴恰死了，便召集芒額特人和唐古特人向柯爾克孜人報殺父之仇，發誓要讓柯爾克孜人倒在血泊之中，無人敢起來反抗。

芒額特人和唐古特人對柯爾克孜人的野蠻報復和統治達 10 多年。當索木碧萊克長到 15 歲時，他得知自己的身世和祖先的英雄功績，以及自己的故鄉是塔拉斯之後，辭別舅父，回到故鄉，得到了人民的擁戴，獲得戰袍、駿馬和武器，與入侵者芒額特人和唐古特人進行多次戰鬥，將敵人一一打敗。

一日，有人來報信求援，說呼羅珊人闊羅木朱進犯須庫爾路地區，要強占卡爾瑪納之女特尼木罕為妾。卡爾瑪納請求少年英雄索木碧萊克前去解救。

索木碧萊克聞訊，義憤填膺，立即提槍跨馬，前去解救。他經過一場惡戰，殺死了闊羅木朱，打敗了侵略者，贏得須庫爾路柯爾克孜人民的愛戴，更贏得了公主特尼木罕的愛情，二人喜結良緣。

索木碧萊克返回故鄉後，去拜謁祖先的陵墓。忽然，從瑪納斯的墓中傳出響聲，頓時火光熊熊，洪水洶湧。中間，有一株奇娜爾樹枝葉繁茂，鬱鬱蔥蔥，這是預兆，英雄將會遇到災難。

後來，索木碧萊克又與來犯者芒額特人較量，不幸受傷死去。全詩用浪漫主義的手法，歌頌了少年英雄縈木碧萊克大無畏的英雄主義氣概和為民獻身的精神。

第八部〈奇格臺依〉主要記述了瑪納斯家族最後一代英雄奇格泰東征西戰，為柯爾克孜部的安寧和友好鄰邦哈薩克等部的安危而奮鬥不息、戰鬥不止的英雄事蹟。

索木碧萊克在與勁敵芒額特人的戰鬥中犧牲後不久，其妻也在難產中喪生。索木碧萊克的遺腹子奇格泰剛一落地就成了孤兒，叔父瑪德別克收養了他。

叔父瑪德別克視他如掌上明珠，不讓他有絲毫委屈。奇格泰在叔父的精心呵護與培養下，從小苦練武藝，到了七、八歲時，已經是一位精通武藝、力大超群的少年勇士。

就在奇格泰 9 歲那年，杭愛山芒額特部的卡拉都別特之子奧吐爾，率杭愛山 5 部落，統 15 萬大軍，向哈薩克、柯爾克孜部落發動了猛烈的進攻，企圖在奇格泰尚未長大成人之際，打敗柯爾克孜部，以報從瑪納斯到索木碧萊克幾百年來杭愛人與柯爾克孜人的幾世之仇。

杭愛山部的聯合大軍首先攻占了哈薩克部，活捉了被索木碧萊克輔佐的汗王滅迭爾汗，對哈薩克人瘋狂凌辱與掠奪。滅迭爾汗的妻子闊闊依女扮男裝，在向入侵者進行多次襲擊之後，星夜奔赴塔拉斯，向奇格泰求援。

年僅 9 歲的奇格泰，少年氣盛，當即告別叔父瑪德別克，挺槍躍馬，準備出征。行前，有 40 位小勇士要隨他出戰，他堅決拒絕。

他說，當汗王就是要解民之苦，救民之難，如果出征是帶著 40 名小勇士，豈不讓他們的父母提心吊膽，日夜牽掛，萬一哪位小兄弟在戰場上有什麼閃失，他怎麼對得起其父母呢，這怎能是英明君王之所為呢？因此他堅決不讓小勇士相隨，而是一人一騎出征。

經過一場血戰之後，終於打退了奧吐爾等頑敵，重新恢復了哈薩克族內的安寧和人民的幸福。但是敗回杭愛山的奧吐爾並不甘心失敗，而是暫避鋒芒，以為緩兵之計。

經過一段時間的窮兵黷武、祕密策劃之後，他們又重新勾結喀拉克塔依人，率大軍捲土重來，再次侵入哈薩克部落，奪取了哈薩克汗王的王位。

少年英雄奇格泰聽到消息後怒火萬丈，再次跨馬出征，戰勝強敵，並以勇追窮寇的精神，窮追不放，直至將敗兵徹底消滅。徹底解除了哈薩克、柯爾克孜人的後顧之憂。

少年奇格泰尚未娶妻就英年早逝，瑪納斯祖孫八代英雄為柯爾克孜部落的興旺繁榮，為柯爾克孜人民的安居樂業，奮發圖強、勵精圖治、縱橫天下的英雄故事到此結束。

史詩著意刻劃了柯爾克孜英雄汗王瑪納斯的光輝形象。瑪納斯為了反對異族的殘酷統治，擺脫異族統治者的壓迫和奴役，為使本民族和其他受壓迫民族的人民過上安定富裕的生活，團結各族人民，聚集了來自四面八方的勇士，組成反侵略的大軍，南征北戰，擊敗許多敵手，逐步統一柯爾克孜汗國。

【旁注】

仙女：原指神話中在天上有一定地位的年輕女子，她們都具有魅力的容貌，而且身材豐滿而優美，起伏微妙，凹凸自然，姿態婀娜多姿，卻毫無弱不禁風之感。同時也用來形容年輕女子非常漂亮。

元氣：道家修煉中，元氣是人體的生命活動的根本能量，也是生命根本的所在，所以元氣本質上支持著生命的存在，沒有元氣，就沒有生命。所以後來，也用「傷元氣」來形容受到重創。

奴隸：通常指失去人身自由並被他人任意驅使的人。「奴」和「隸」這兩種奴隸名稱在先秦時代都已存在，「奴隸」一詞卻是在漢代之後的著作裡才出現的。奴隸可以透過逃亡、贖身、立功等行為重新成為自由人。

神醫：指醫術高明出眾的醫生，醫術精妙的人。古代由於科技不發達，醫生治好比較困難的疑難雜症，便會被神化，認為此人有神仙之力，被尊為神醫。

死神：又被稱為勾魂使者。中國古代神話中，有眾多神靈，其中之一便是掌管生死的神，被稱為死神或勾魂使者，是指掌管人壽命的神靈。

神鳥：指各種神話傳說中有靈性的神奇鳥類。例如鳳凰、畢方、九頭鳥、獅鷲、不死鳥等。在中國，有時「神鳥」一詞可以特指「鳳凰」。

鳳凰：古代傳說中的鳥王，雄的叫「鳳」，雌的叫「凰」，通稱「鳳凰」。鳳凰在遠古圖騰時代，被視為神鳥而予以崇拜，是原始社會人們想像中的保護神，經過形象的逐漸完美演化而來，居百鳥之首，象徵美好與和平，也是吉瑞的象徵。

保護神：是指可以保佑人身體安康的神靈。中國古代神話中家庭的保護神為灶王。舊時，差不多家家灶間都設有「灶王爺」神位。人們稱這尊神為「司命菩薩」或「灶君司命」。

妾：又稱姨太、陪房，亦有二奶、小老婆等俗稱，主要指一夫多妻制結構中，地位低於正妻的女性配偶。妾是中國傳統一夫多妻制下的產物。同時，妾也作為女子對自己的謙稱。

武藝：又稱武術，指打拳和使用兵器的技術，是中國傳統的體育項目，又稱國術。其內容是把踢、打、摔、拿、跌、擊、劈、刺等動作按照一定規律，組成徒手的和器械的各種攻防格鬥功夫、套路和單勢練習，是中華民族的優秀文化遺產之一。

【閱讀連結】

在《瑪納斯》第三部〈賽依臺克〉中，賽依臺克是仙女所生，又娶仙女為妻，是《瑪納斯》中與仙女有直接關係、來往最多的人。他一有難就會得到仙女的救助，幾乎是在仙女的護佑下，在仙女群中生活了一生的。

賽依臺克的故事大都與仙女有密切的關係，這就形成了本部史詩的一大特點。另外，賽依臺克又是瑪納斯家族中活得歲數最長的一位英雄，在他的後代子孫的生活和戰鬥中，經常有他的身影出現，且他一出現，往往可以為子孫帶來福音，逢凶化吉。

文學史上一顆耀眼的明星

瑪納斯是蓋世英雄的名字，也是史詩的總稱。《瑪納斯》是以保衛家鄉追求和平為內容，歌頌愛情，歌頌英雄主義精神，同時英雄史詩也是柯爾克孜民族精神文化的巔峰。

《瑪納斯》的每一部都可以獨立成篇，內容又緊密相連，前後照應，是典型的譜系式敘事結構英雄史詩，每部均表現出一代具有家族世襲英雄的傳奇故事。

自瑪納斯到他的後代英雄，富有浪漫主義色彩的悲壯功績構成了史詩的全部內容。史詩氣勢恢弘，扣人心弦，是文學史上一顆耀眼的明星，具有空前的震撼力。

史詩以詩歌的語言講述柯爾克孜族的族源，以娓娓動聽的故事，將聽眾引入遠古時期，柯爾克孜人的生活畫卷。

其中的豐富聯想和生動比喻，均與柯爾克孜族人民獨特的生活方式、自然環境相連繫，充分展示出柯爾克孜人獨到的文學表現力和審美情趣。

史詩中常以高山、湖泊、急流、狂風、雄鷹、猛虎來象徵或描繪英雄人物，並對作為英雄翅膀的戰馬，做了出色的描寫。

史詩中，僅戰馬名稱就有白斑馬、棗騮馬、杏黃馬、黑馬駒、青灰馬、千里駒、銀耳馬、青斑馬、黑花馬、黃馬、青鬃棗騮馬、銀兔馬、飛馬、黑馬、銀鬃青烈馬、短耳健馬等。史詩中出現的各類英雄人物都配有不同名稱和不同特徵的戰馬。

史詩在藝術方面表現出柯爾克孜人高超的技藝和獨具匠心的天資。《瑪納斯》是具有無限生命力的經典之作，它既是柯爾克孜人文學發展的高峰，又是流傳千古的藝術精品。瑪納斯是柯爾克孜人頂禮膜拜的崇高形象，更是永遠追求嚮往的精神境界。

《瑪納斯》幾乎包含了柯爾克孜族所有的民間韻文體裁，既有優美的神話傳說和大量的習俗歌，又有不少精練的諺語。

《瑪納斯》是格律詩，它的詩段有兩行、三行、四行的，也有四行以上的。每一詩段行數的多寡，依內容而定。每個詩段都押韻腳，也有部分兼押頭韻、腰韻的。每一詩行多由 7 個或 8 個音節組成，亦間有 11 個音節一行的，各部演唱時有其各種固定的曲調。

柯爾克孜民族是一個具有悠久歷史和文化傳統的古老民族，是一個勤勞善良、憨厚質樸、勇敢剽悍、充滿智慧的馬背上的民族。他們創造了以英雄史詩《瑪納斯》為象徵的豐富多彩的口頭文學非物質文化遺產，令世人佩服。

《瑪納斯》的主角瑪納斯生長和主要活動地域均在中國新疆境內，他是中華民族優秀傳統文化的重要組成部分，是柯爾克孜人民的驕傲，也是中國各族人民的驕傲和自豪。

《瑪納斯》是一部規模宏偉，色彩瑰麗的英雄史詩，是一部珍貴的文學遺產，它具有很高的人民性和藝術性，有極高的學術價值，是人類文化遺產中的寶中之寶。被國外學者譽為世界文化寶庫中的一顆璀璨的明珠。

《瑪納斯》謳歌了柯爾克孜族人民與外入侵者及各種邪惡勢力進行頑強鬥爭的英雄事蹟，在歷史上它對本民族人民產生過巨大的鼓舞力量，因此，深受人民的喜愛和愛戴，千百年來被人們代代傳誦。

《瑪納斯》不只是一部珍貴的文學遺產，而且也是研究柯爾克孜族語言、歷史、民俗、宗教等方面的一部百科全書，它不僅具有文學欣賞價值，而且也具有重要的學術研究價值。

如史詩中出現的古老詞彙、族名傳說、遷徙路線，古代中亞、新疆各民族的分布及其相互關係，大量有關古代柯爾克孜族游牧生活、家庭成員關係、生產工具、武器製造及有關服飾、飲食、居住、婚喪、祭典、娛樂和信仰伊斯蘭教前的薩滿教習俗等，都是非常珍貴的資料。

《瑪納斯》是柯爾克孜族的天才創造，有很高的現實生活性，其中包括複雜，離奇的柯爾克孜族，歷來信仰的各種宗教文化因素。

在史詩《瑪納斯》中可以看到與這些喪葬習俗相似的描述。如史詩中英雄闊克臺去世前囑咐道：

我去世後，

把我身上的肉用劍割出來，

用馬奶洗，

用察熱依那黏，

用布力噶爾皮裹，

把我的白鍋墊在我的頭上，

用黑瑪合瑪里裹起來，

放在路下面，

在路上面的，

朝著月亮的阿克薩熱依中，

放在朝著太陽的闊克薩熱依中。

這不僅反映出柯爾克孜族古代喪禮習俗，也在一定程度上反映了柯爾克孜族祆教，就是拜火教的信仰。

史詩中還有這樣的詩句：

讓神聖的阿孜神來懲罰我！

讓偉大的阿斯蒂爾神帝懲罰我！

這是英雄瑪納斯發誓時說的話。誓言中提的人物一般有很大威力的，這裡的阿孜神，指的是柯爾克孜族部落首領阿孜的靈魂。

《瑪納斯》中所反應的柯爾克孜族的飲食、服飾、風俗習慣，還有各種禁忌、民間信仰以及它們的形成、流傳，都跟柯爾克孜族所信仰的各種宗教有關，它是一部具有深刻人民性和思想性的典型英雄史詩。

另外《瑪納斯》為口頭傳承史詩，就是這些史詩是在百姓中口耳相傳的活著的史詩。

《瑪納斯》雖然有些手抄本、木刻本在流傳，然而，在柯爾克孜人居住的深山，史詩《瑪納斯》的演唱活動，在民族活動中仍然占有重要位置。

史詩有純韻文體史詩與散韻結合體史詩。純韻文體史詩採用「演唱形式」，民間藝人在演唱史詩時，從頭唱到尾，中間沒有講的部分。

散韻結合體史詩是採用「說唱形式」，有唱有講。民間藝人演唱史詩，有採用樂器伴奏的。但是，絕大多數民間藝人演唱史詩不用樂器伴奏。

史詩人物喜怒哀樂的情感，主要靠演唱者的臉部表情、手勢以及演唱曲調加以表現。

「活形態」史詩的傳承，有兩個必不可少的條件：一是有記憶力超凡、才華出眾的史詩演唱者，就是民間藝人；二是有痴迷於史詩的聽眾。

史詩傳播活動的主體是民間藝人與聽眾，而聽眾的作用尤為重要，從某種意義上說，聽眾是口承史詩傳承的靈魂，史詩是一個以文學審美價值為中心的多元價值複合體。

然而，史詩的文學審美價值、認知價值、思想價值、教育價值、消遣娛樂價值等，實質上僅僅是「潛價值」。只有當史詩的接受者，即聽眾接受史詩，史詩的「潛價值」才能發揮作用，產生效應。

聽眾不是被動的接受者，他們的審美理想、憧憬與願望以及他們對於史詩的理解，直接影響著民間藝人的即興創作與演唱內容。聽眾也直接參與了史詩的創作活動。

可以說，沒有聽眾，史詩不可能形成、發展，沒有聽眾，史詩也不可能流傳至今。從這層意義上講，聽眾是史詩的生命。

史詩只要在民間口頭流傳，它就會發展，會發生變異。史詩在漫長的口頭傳承過程中，各個時代的史詩演唱藝人，都不斷地在史詩中加進自己的即興創作成分，因而，每部史詩都有多種異文，各種異文在內容上有別，藝術風格有異。

所以，《瑪納斯》在千百年來的傳唱中，由於演唱者對史詩的雕琢加工，產生了不同風格的異文。

《瑪納斯》篇幅宏大，其中最有名的是瑪納斯及其後世 8 代英雄的譜系式傳奇敘事，長達 23.6 萬行，反映了柯爾克孜人豐富的傳統生活，是柯爾克孜人的傑出創造和口頭傳承的「百科全書」。

【旁注】

世襲：就是世襲制度，指某專權一代繼一代地保持在某個血緣家庭中的一種社會概念，其中可分為政治世襲和經濟世襲兩類。

頂禮：頂禮指跪下，兩手伏地，以頭頂著所尊敬的人的腳，是佛教徒最高的敬禮。頂禮膜拜，即兩膝、兩肘及頭著地，以頭頂敬禮，承接所禮者雙足。向佛陀聖像行禮，舒二掌過額、承空，以示接佛足。又稱頭頂禮敬、頭面禮足、頭面禮。

格律詩：詩歌的一種。格律詩是指唐以後的古詩，分為絕句和律詩。按照每句的字數，可分為五言和七言。篇式、句式有一定規格，音韻有一定規律，變化使用也要求遵守一定的規則。

說唱：是曲藝表演的一種形式，有說有唱。中國傳統的說唱有變文、評話、快書、大鼓、相聲、彈詞、道情和寶卷等。此外，少數史詩也是採用說唱形式流傳下來。

【閱讀連結】

中國著名瑪納斯奇居素普·瑪瑪依演唱的《瑪納斯》，是內容最豐富的《瑪納斯》。瑪納斯奇居素普·瑪瑪依從小就生活在熱愛《瑪納斯》、熟悉《瑪納斯》的家庭中，耳濡目染，受到薰陶，從小便對《瑪納斯》產生濃厚興趣，家傳對於居素普·瑪瑪依成為大瑪納斯奇發揮了至關重要的作用。

居素普·瑪瑪依為了使史詩更有趣味性，在原本的基礎上根據史詩情節即興發揮，添加一些表情和手勢動作，變換音調，有時高潮，有時低潮等，以高昂的姿態慷慨激昂，形成了自己獨特風格，風格高雅，把聽眾帶入到趣味當中，深受柯爾克孜族人民的喜愛。

居素普·瑪瑪依把畢生的精力獻給了民族文學，為弘揚柯爾克孜民族文化嘔心瀝血，被譽為「活著的荷馬」。

電子書購買　　爽讀 APP

國家圖書館出版品預行編目資料

英雄讚歌，三大英雄史詩與內涵：黃沙漫天，英雄馳騁天地間……再次點燃民族榮耀的烈焰 / 肖東發 主編，秦貝臻 編著 . -- 第一版 . -- 臺北市 : 複刻文化事業有限公司 , 2025.01
面；　公分
POD 版
ISBN 978-626-7620-43-4(平裝)
1.CST: 史詩 2.CST: 詩評 3.CST: 少數民族 4.CST: 民間文學
850.8　　113019710

英雄讚歌，三大英雄史詩與內涵：黃沙漫天，英雄馳騁天地間……再次點燃民族榮耀的烈焰

臉書

主　　編：肖東發
編　　著：秦貝臻
發 行 人：黃振庭
出 版 者：複刻文化事業有限公司
發 行 者：崧燁文化事業有限公司
E-mail：sonbookservice@gmail.com
粉 絲 頁：https://www.facebook.com/sonbookss/
網　　址：https://sonbook.net/
地　　址：台北市中正區重慶南路一段 61 號 8 樓
8F., No.61, Sec. 1, Chongqing S. Rd., Zhongzheng Dist., Taipei City 100, Taiwan
電　　話：(02) 2370-3310　　　傳　　真：(02) 2388-1990
印　　刷：京峯數位服務有限公司
律師顧問：廣華律師事務所 張珮琦律師

定　　價：299 元
發行日期：2025 年 01 月第一版
◎本書以 POD 印製
Design Assets from Freepik.com